金牌小说

Awarded Novels
长青藤国际大奖小说书系

詹妮的梦想

BLUE WILLOW

〔美〕多丽丝·盖茨 著

〔美〕保罗·兰茨 绘

徐海幜 译

晨光出版社

要相信，美好的事物正在到来

　　每个人心中都藏着一个梦想，这个梦想也许很大，像太阳一样照亮你成长的每一天；这个梦想也许很小，像黑夜里的萤火虫为你带去点点光亮。梦想不分大小，存在即有希望。

　　然而，当残酷的现实和美好的梦想碰撞，你会如何做？是向现实妥协，接受命运的安排，还是怀抱信心和勇气，冲破阻碍，朝梦想前进？

　　这本书讲述了一个名叫詹妮的小女孩在现实的泥淖中怀抱梦想的故事。

在 20 世纪三四十年代的美国，因沙尘暴和干旱，一些地区的居民不得不被迫离乡，去往其他可以生存的地方。他们流转于各地，哪里有活儿干就在哪里停下来，等活儿干完后，又去往下一个地方。詹妮一家便是这万千家庭中的一个缩影。这年九月，他们来到圣华金河谷，在一座无人居住的小棚屋暂住了下来。

那时的人们渴望安稳的生活，对小孩子来说，这种愿望更为明显。詹妮的梦想就是拥有一个真正的家，有可以玩的好朋友，有能够读书的正规学校。在漂泊的生活中，她唯一寄予希望的就是一只青花盘。这只盘子已经流传了好几代，她一直珍藏着它，因为它代表了詹妮对过去的怀念和对未来的希望。

残酷的环境并没有让这家人失去信心，小棚屋虽然有些破旧，但妈妈将它打扫得干净、整洁；爸爸努力地工作，下班后分担家里的重活儿；詹妮积极地帮父母打下手，同时完成家庭作业。未来依旧充满了不确定性，但是只要爸爸有活儿干，生活就有希望。

然而，美梦还未持续多久，残酷的现实再次将这家人推向绝境——妈妈生病、爸爸的工作没了着落、家里又交不出房租。这时，詹妮忍痛将挚爱的青花盘用来抵交房租。那一刻，她终于明白爸爸所说的"想要不失控地生活需要勇气"是什么意思了。

作者多丽丝在弗雷斯诺市当图书馆员时，参观了为流动儿童建立的学校，她给孩子们讲述故事、分享书籍。正是这次经历点燃了她创作的火花，《詹妮的梦想》由此诞生。这本小说被称为第一部现实主义题材的儿童小说，它讲述了一个非常乐观、明亮的故事，同时又不回避对贫困、悲惨等细节的描写。

多丽丝在回忆起自己的童年时说："即使在那个物资匮乏的年代，内心也是快乐的。"正是这种乐观的天性让她笔下的故事异常动人，里面的人物就像多丽丝本人一样，即使处境艰难，仍不失内心的光明。同时，她将现实主义和想象力相结合，创作出了这个经久不衰的感人故事。詹妮一家的经历和社会环境是残酷的现实，但詹妮对盘子及盘子所代表的家的热爱，需要她超越自身环境去相信梦想的能力。

对詹妮来说，梦想的能力是无限的。当她抱着青花盘站在门口，影子看起来小得可怜时；当家人去餐馆吃饭，她犹犹豫豫地无从下手时；当她看到一座小书屋，就像看到一座宝藏时……你很难不对这样一个瘦小、懂事的女孩心生怜悯。可是，在面对朋友的馈赠和坏人的刁难时，她那强烈的自尊和野草般的坚韧，又会让你由衷地敬佩。

终于，爸爸彻底失去工作了，他们不得不再次搬家。詹妮的梦想是否就此搁浅？失去的青花盘最终归向哪里？还好，詹妮在追梦的路上并不孤单，她遇到了很多好人——热情友善的罗梅洛一家、美丽善良的彼得森小姐、无私奉献的皮尔斯医生，以及富有同情心的安德森先生。梦想最终能否实现并不重要，重要的是，她在一连串的痛苦与惊喜、失去与拥有中坚守住了内心的爱、勇气和希望。

　　生活是残酷的，也是充满希望的。那闪着微光的梦想，终有一天会冲破黑暗，而我们只需相信，美好的事物正在到来。

Contents

目　录

献给我的父亲和母亲

只有在她的眼中，
这只盘子才具有让单调的东西变得美丽的魔力；
也只有这只盘子，能为乏味空洞的生活赋予奇迹和喜悦。

THE SHACK

一 小棚屋

詹妮·拉金在小棚屋门口最上面那级台阶上停下来，打量着脚下自己的影子。这会儿那道影子很短，即使对于一个身高远远不符合正常标准的十岁女孩来说，那道影子也太短了。从詹妮脚下钻出来的那一片黑漆漆、矮墩墩的阴影，连她脚下那块开裂的木板的边缘都还没有挨到。现在是中午，白花花的太阳几乎就在头顶的正上方。太阳火辣辣地炙烤着詹妮，炙烤着小棚屋，炙烤着绵延向四面八方、一马平川的乡野。天气太热了，热得要命，詹妮拢起手，朝出汗的手心呼了一口气，嘴里呼出的热气似乎都比此刻鼻子吸进的空气更凉爽。

不过，待在门口的台阶上总比待在令人窒息、只有一个房间的小棚屋里强一些。阳光已经够热了，柴炉又让屋子变得更热。而且，待在台阶上，你可以透过微微闪光的热浪一直朝西看过去，群山应该就在那个方向。在群山的另一边有一片蔚蓝的大海。在这个季节，热气遮住了山峦，那些山确实不近，大海的气息丝毫无法穿透这隐藏的大山，来到广袤而炙热的圣华金河谷[1]。不过，今天早些时候，当他们开车来到这个地方时，詹妮的父亲告诉她，西边有一片大海。詹妮在最上面那级台阶上坐了下来，弓着背，一副无精打采的样子。她脑袋里还

---

[1] 圣华金河谷：美国加利福尼亚州中央谷地的一片区域，这个区域雨量很少，不过，该河谷农业仍很发达。——编者注

在琢磨着大海的事情，试图从中找到一丝安慰。詹妮坐在那里，她看上去那么小、那么孤独，现在就她自己坐在那儿，就连她的影子也缩小到几乎要消失了，只把她一个人丢在热浪中。

马路对面还有一座木板搭建的小棚屋，那座屋子比拉金一家找到的这个安身之处大一些，看起来也更结实一些。詹妮知道那里住的是一户姓"罗梅洛"的墨西哥人。今天早上，拉金一家来到这里后不久，爸爸就立刻过去跟那家人聊了聊。詹妮兴趣索然地琢磨着邻居一家究竟是什么样的人。爸爸没有提到他们有没有孩子。当然，他们应该有孩子。每个家庭都有几个孩子。更确切地说，除了拉金家每个家庭都有几个孩子。有时候，詹妮会为自己没有兄弟姐妹这件事感到遗憾，此刻她就有这种感觉。大家庭似乎永远都比他们家过得更开心，即使兄弟姐妹们会相互争斗。

当然，她也许可以想办法去认识一下马路对面的那家人。詹妮考虑了一会儿这种可能性，随即就放弃了这个念头。不，这没什么用。她在这里又住不了多久，不值得费这个力气。况且，最好还是不要和陌生人太亲密，省得惹上很多麻烦。

"一个巴掌拍不响。"妈妈总是说，"管好你自己的事情，其他人就用不着管你的闲事了。"

詹妮心想，妈妈说的应该没错。妈妈几乎永远都是正确的。但有时候跟其他人如此疏远，似乎还是有点不对头。往最好里说也是一种孤僻。比方说，在这个特定的时刻，詹妮就希望能和什么人吵上一架。相比坐在门阶上百无聊赖地盯着马路对面那座房子，跟人吵上一架都是一次愉快的放松。

突然，詹妮下垂的肩膀挺起来一点，她那双蓝眼睛因露出期盼的目光而睁得大大的。一个小女孩抱着一个婴儿刚刚从罗梅洛家里走了出来，现在正在过马路，朝着拉金家的小棚屋走来。有那么一会儿，詹妮专注地看着对方越走越近，当她确信那个女孩和小宝宝的确是朝她走过来时，她回头喊了一声，提醒妈妈有人来了。

"罗梅洛家的一个人带着个小宝宝来了。"

屋里没有人回应,只有妈妈在搓衣板上搓衣服的声音。拉金夫人正趁着这段闲暇时间洗衣服。这个活儿不繁重,毕竟全家人没有多少衣服。不过,就算只有一盆衣服也得花点时间才能搓洗干净,况且这也是好多天来,她头一回抽出空来洗衣服。

詹妮有些诧异地看着这个墨西哥女孩小心翼翼地走过满是黑肉叶刺茎藜和风滚草的马路。她根本没有想到罗梅洛家会有人来找她。陌生人已经走得很近了,她们可以清楚地听到彼此的声音。詹妮说了声"你好",她故意摆出一副无所谓的模样,眼睛里却充满了警惕。

"你好。"对方非常腼腆地回应了一声。这个刚刚出现的女孩站在台阶前,仿佛等待着詹妮的审视。她将小宝宝换到了另一只手上。

"我叫卢佩·罗梅洛。"她说,"这是贝蒂。"她一边说,一边颠了颠小宝宝,"她有些害羞,所以我抱她过来。多见见人对她有好处。"

詹妮就知道这个女孩会为自己的到来找一个借口。没有适当的理由，你就不能特意来找陌生人。贝蒂似乎是一个说得过去的理由。

"我是詹妮·拉金。干吗不坐一坐呢？"

卢佩坐在了最下面那级台阶上，将贝蒂放在自己的旁边。

一时间，她们两个都不知道该说些什么，不过，随即卢佩就大着胆子说道："太热了，是不是？"

"没错，"詹妮说，"热死了。"

"今天早上你们到这儿的时候，我看到你了。"卢佩说，"我当时就想过来，可妈妈说还是等一会儿吧。你们打算住多久呢？"

詹妮常常会面对这个问题。在过去的五年里，她已经回答过很多次了，答案总是一成不变，就像她现在给卢佩的。

"能住多久就住多久。"她说。

"他们有没有说过你们可以住进来？"

"没有。"詹妮答道，"爸爸说这座房子看起来好像很久没人住过了，所以我们觉得住进来应该没什么问题。"

"隔壁那片有风车的田里有一群牛，我爸爸说这座房子就是牛群主人的。"卢佩解释说，"已经很久没有人住在这座房子里了。"

"你们在那里住多久了？"詹妮朝马路对面的房子扬了扬头。

"刚刚一年多。"

无所谓的伪装从詹妮的脸上消失了。

"一整年你们一直住在那里？"她一脸惊讶地问道。对于一家人来说，能待在一个地方这么久，真不得了。

"当然了。"卢佩一边说，一边一把抓住了贝蒂，小宝宝已经一扭一扭地滑到了台阶下面。等到贝蒂坐稳后，卢佩又问道："你们是从哪里来的？"

"你是指最早的时候，还是最近？"詹妮问道。这关乎答案的长短。因为拉金一家人在离开得克萨斯北部、来到加利福尼亚以来，一直过着四处漂泊的生活，这个故事对卢佩来说会显得太长,她可能没有耐心一直听下去。

"我指的是上这儿来之前,你们待在哪里?"

"昨天晚上我们在波特维尔宿营。爸爸上这儿来是打算在棉花田里找活儿干。"

"你有兄弟姐妹吗?"卢佩开心地问道。

詹妮摇了摇头,努力摆出一副满不在乎的模样。

"我有一个弟弟。"卢佩一副自鸣得意的腔调,"当然了,还有贝蒂。拥有兄弟姐妹可真好。"她又郑重其事地补充说,"真可惜啊,你没有兄弟姐妹。"最后这句话充满了遗憾的腔调,听上去很夸张。

卢佩当然只是为了让一个捣蛋的弟弟和一个讨厌的宝宝显得迷人一些罢了。可是詹妮并不明白这一点,她立即断定卢佩就是在向她显摆。詹妮给自己立下过一些原则,其中一条就是绝不让自己感到低人一等,所以此刻她的心里有些不舒服。她感到有些愤恨,又有些骄傲。她开始觉得,没准儿卢佩这个陌生人都已经觉察到了她的孤独,甚至可能有些可怜她。哼,卢佩多此一举!她要彻底把事情说清楚。詹妮扬起下巴，以一副居高临下的姿态开了口。

"我有一只青柳瓷盘。"她说，"它可比兄弟姐妹或者其他任何一样东西都强。"

卢佩立即产生了兴趣，甚至被这句话打动了。不过她的着眼点跟詹妮预想的并不一样。

"你是说一只用柳树做成的盘子？我还从来没有听说过这种东西。"

詹妮同情地瞥了卢佩一眼，现在她终于舒服一些了。卢佩有一个弟弟、一个妹妹，没错，她甚至还在一座房子里住了一整年，可是她都不知道青柳瓷盘是什么样子的！

"进来吧。"詹妮大度地说，只是她显得有些着急，令效果大打折扣，"让你见识一下。"

卢佩立即站起身，一双乌黑的眼睛闪烁出好奇的光芒。她抱起贝蒂，紧紧地跟上了光着脚的詹妮。

她们走进屋子，一个高高瘦瘦、一脸倦容的女人隔着一盆热气腾腾的肥皂水瞟了她们一眼。在这个令人窒息的小屋子里，肥皂和湿衣服的气味似乎叫人闷得喘不上气来。

"妈妈，这是卢佩·罗梅洛，还有她的妹妹贝蒂。"

卢佩难为情地用脸紧紧地贴着怀里的小宝宝。

"你们家的人可真不少，是不是？"拉金夫人冲着卢佩露出一丝微笑，"宝宝多大了？"

"六个月。"卢佩答道。她首先回答了后面这个问题，而且她还敢看着大人说话。"家里还有一个男孩，不过我是最大的。我十岁了。"

"我们就只有詹妮这一个孩子，她是个小不点，瘦得就像六月的鲱鱼一样。"拉金夫人仔细打量着詹妮套着蓝色工装裤的身板，忧心忡忡地蹙起了眉头。"都是颠沛流离的生活闹的，"她继续说着，"这样可没法儿养活小孩子，可是一家人总得活下去啊。"

詹妮表现得就好像自己没有在听似的，她知道反正这些话也不是说给她和卢佩听的，她知道妈妈只是在自言自语而已。妈妈时不时地就会这样念叨几句。

卢佩似乎也明白这一点，为了熬过这尴尬的时刻，她好奇地朝四周打量了起来。屋子里的一切都没有逃过她那双温柔的眼睛。

这座棚屋本身或屋里的陈设，都没有什么可看的。墙壁是没有抛过光的粗木板，大大小小的裂缝和节孔都一览无余。这座房子太像鸡窝了，而且比鸡窝大不了多少。

房间的角落里摆着一张铁架床，上面的锈迹比残存的涂料都多。床上放着一张床垫，那张床垫大部分时间都放在拉金家的车顶上，跟随一家人四处迁移。床垫上面还摆着一堆杂七杂八的日用品，包括一卷被褥。屋子另一头有一个跟床一样锈迹斑斑的小炉子，两把面对面摆在那儿的椅子这会儿被当成了洗衣盆的支架。剩下的家具就只有一张摇摇晃晃的桌子了。

"过一会儿你就可以把这些东西挂在篱笆上了。"拉金夫人对詹妮说，"我还得再用一桶水。"她正在拧干最后一件衣服。"帮我把这盆水倒了。"她说。詹妮一个箭步跳过去，抓起了洗衣盆上的把手。

母女俩一起把洗衣盆抬到后门，将水泼在了干透的大地上。

"你需要我现在就把衣服晾起来，还是我可以先给卢佩看一看盘子？"詹妮问道。

"不用了，我要留着最后一盆肥皂水彻底把家里擦洗一遍，擦洗完了我才会清洗衣服，等清洗完了再把衣服晾起来。"

詹妮感到庆幸，这样她就有充足的时间给卢佩展示那只盘子了。无论让谁观赏那只盘子，她都需要一些时间。实际上，就连自己拿出来欣赏的时候，她都从来不会着急。这可不是一只普普通通的盘子。对她来说，这只盘子就像布娃娃一样珍贵——如果她曾有一个布娃娃的话，或者像兄弟姐妹一样珍贵。除此之外，这只盘子还有着更多的深意。

首先，这只盘子是詹妮的曾外祖母的母亲的，所以说它很有年头了。后来，盘子就传到了詹妮母亲的手上。

不过，那都是很久很久以前的事情了，后来母亲过世了，妈妈就取代了她。詹妮对母亲的记忆太模糊了，即使她想努力回想起片刻，也都会消失得无影无踪。就像是你在心里听到的一段乐曲一样，当你努力想听清楚的时候，乐曲声就消失了。詹妮对母亲的缥缈记忆中还夹杂着对《鹅妈妈童谣》、明亮的欢笑声和他们自己家的记忆。青花盘曾经也属于那段生活，因此对詹妮而言，它似乎就变成了她全部的关于那段生活的记忆。青花盘是詹妮整个世界的中心，是流沙中一块坚固的磐石。

　　此外，这只青花盘还是拉金一家拥有的唯一美丽的东西。这是一个青柳瓷盘，盘子上画着小鸟、柳树，还有人，这幅画讲述了一个在詹妮看来永远不会过时的故事。盘子的颜色很深，至今依然鲜艳如初，它带给詹妮一种承诺——即使在最灰暗的日子里也能看到蓝天，即使在干旱的荒原也能看见蓝色的海洋。詹妮怎么看也看不腻这只青花盘。

　　但说来也奇怪，自从干旱和沙尘暴迫使他们离开得克萨斯[1]时起，他们还从来没有用这只盘子盛过菜或者做过其他事情。它一直被包得严严实实的，只是偶尔被拿出来过几次。拉金夫人很早以前就说过，他们绝不会把这只盘子拿出来装饰房间，除非他们有一个像样的家来摆放它。与此同时，这只盘子被妥善地收藏了起来，它能让它的拥有者回想起，为了谋生而四处流浪之前，曾拥有过的那段幸福时光。

詹妮在床上的那一堆东西里翻找起来，终于成功地从里面拽出一个斑痕累累、破旧不堪的行李箱。她把箱子放在那卷被褥的一边，在弹簧床垫上腾出了一块空间。

她吩咐卢佩："你俩坐在这里。"卢佩仍然抱着贝蒂。尽管詹妮越来越兴奋，她还是努力保持一副平静的腔调。

---

[1] 这本书最早出版于 1940 年，在作者创作这部作品的 20 世纪 30 年代，正处于美国经济崩溃的"大萧条时期"，由于长期干旱、土地侵蚀严重，尤其被誉为"美国粮仓"的南部大平原地区出现了持续时间比较长的沙尘暴天气。为了逃避大萧条和沙尘暴，大量人口从南部大平原搬迁到加利福尼亚，其中以俄克拉荷马、得克萨斯、阿肯色等州的移民居多，很多人都成了农业工人。——译者注

她不记得还有哪次自己能像现在这样心急火燎，急于想要把这件宝贝展示给别人。卢佩肯定会看得眼花缭乱的，她再也不会在詹妮面前吹嘘自己有兄弟姐妹的事了。当然，她应该无法领会到这只盘子所具有的全部意义。任何人都无法理解这一点，除了詹妮自己。但是，谁都不会对它绝美的外表无动于衷，就连卢佩·罗梅洛也不会。

当卢佩和贝蒂尽可能舒适地在摇晃的弹簧床上坐下后，詹妮打开行李箱，小心翼翼地将左三层右三层包起来的东西最上面一层展开。她将手伸进去，缓缓地举起了青花盘。

一瞬间，她把它举到一臂远的地方，她的头微微偏向一边，这样，她略带卷曲的亚麻色头发的发梢就耷拉在了肩头。接着，詹妮将盘子举到自己的尖下巴那儿，冲着盘子吹了吹，将想象中的一点灰尘吹掉了。她用两只手握着盘子，将它放在卢佩身旁的床垫上，然后缓缓地松开了手。她一言不发地向后退了一步，但是两只眼睛仍旧沉浸在这件宝物上，那全神贯注的模样令卢佩也陷入了沉默。

事实上，卢佩一直饶有兴趣地打量着詹妮奇怪的举动，以至于她甚至顾不上瞥一眼自己应该看的东西。詹妮装腔作势的模样让卢佩有点厌烦，她从来没有在任何人的脸上看到过那种神情。这令她感到有些不太自在，她紧紧地搂着贝蒂。终于，卢佩的目光落到了那只盘子上，她甚至有些恐惧，不知道自己究竟会看到什么东西。

然而，卢佩看到的只是一只盘子。一只很漂亮的盘子，这一点毫无疑问，可是这也没什么值得大惊小怪的。盘子的颜色实在叫人不敢恭维，怎么不是红底黄花的盘子呢？或许还可以再有一抹绿色。但性情温和的卢佩没有说出自己的想法。詹妮的神色让她说不出口。同时，她也失望得说不出什么得体的话了。她原本以为会看到一件不可思议的东西，结果詹妮给她看的竟然是这样一只平淡无奇的盘子。

只有在詹妮的眼中，这只盘子看上去才是完美的；只有在她的眼中，这只盘子才具有让单调的东西变得美丽的魔力；也只有这只盘子，能为她乏味空洞的生活赋予奇迹和喜悦。

詹妮朝着盘子俯下身子，她感觉得到柳树树荫的凉爽，听得到小溪流淌过拱桥时潺潺的水声。一座中式花园的所有安详美好都属于她，由她尽情欣赏。她就好像走进了盘子的蓝色边框，进入了另一个世界，那个世界就像她身处的这个世界一样真实，但是远比这个世界叫人满意。

一时间，詹妮彻底忘记了卢佩。突然，一根脏兮兮的手指落在了拱桥上，一个细微的声音有些犹豫地说道："真好看。"詹妮一下子又被拽回到了现实世界中，回到了这个充满肥皂水的、酷热难当的、贫穷的世界。

卢佩抬起了那双充满疑问的黑眼睛，她望着詹妮的蓝眼睛，此刻，那双充满兴奋的眼睛就像青花盘一样蓝盈盈的。"可是为什么上面会有看上去这么好笑的房子和人？"卢佩试图表现得礼貌一些。

"他们全都是有意义的。"詹妮解释说，"你瞧，盘子上有一个故事。这个故事爸爸已经给我讲过很多遍了。"接着,她变得急切起来,"你想听一听吗?"

卢佩不太感兴趣地点了点头,不过詹妮没有注意到她的态度。不过,即使卢佩残忍地大喊一声"不",詹妮也很可能还会执意给她讲一遍这个故事。当然,还好卢佩点头了,尽管詹妮一点也不在意她是不是点头了。

"很久很久以前,在中国有一个财主,他有一个漂亮的女儿。"詹妮讲了起来。

"他们是中国人?"卢佩表示怀疑。

"当然啦,他们就住在中国,不是吗?"詹妮对卢佩的插嘴感到恼火。她冲自己的听者皱了皱眉头,后者露出一副抱歉的神色,不再吭声了,詹妮继续讲了下去。

"这个财主将漂亮的女儿许配给了另一个财主,可是他的女儿已经爱上了一个十分英俊的穷人。发现这件事情后,父亲将女儿关进了一座宝塔里。你看,画里就有这座宝塔。不过那个英俊的男人把财主的女儿偷偷带走了,他们过了桥,跑到一座岛上,在那里住了很长时间。

可是父亲知道这件事情后，就去了岛上，想要杀死他们。"

当詹妮说到这里的时候，卢佩偷偷地瞄了一眼拉金夫人。不过这位妈妈没有在听詹妮的喋喋不休，手里的活儿让她忙得不可开交。

詹妮注意到卢佩暂时有些分心，便收住嘴，等着客人那双圆溜溜的黑眼睛重新回到盘子上。卢佩误解了詹妮的停顿，她急于知道故事的结局。"他把他们杀死了吗？"她屏住呼吸问道。

詹妮没有理会卢佩的问题。故事发展到了最关键的时刻，她可不能用一个微不足道的"是的"或者"没有"草草交代出结局。

"他去了岛上，想要杀死他们。"她又重复了一遍，享受着悬念带来的刺激，"他原本可以这样做，可是等他赶到他们的家里时，这对情侣被什么东西变成一对白鸟逃走了，从此以后他们就过上了幸福的生活。"

詹妮的话音刚落，卢佩便问："什么东西把他们变成了白鸟？"

"我不知道，不过确实是某种东西。"

"那就是奇迹了。"卢佩满怀敬畏地断言道。

"我不太清楚是不是奇迹，"詹妮坦言道，"不过妈妈总是说，遇事时只能随遇而安，尽力而为。我猜这对情侣就是这么做的。不管怎么说，变成鸟应该挺有趣的。"她神情恍惚地继续说着，一边说一边俯身对着盘子。

"这些都是什么树？"卢佩指着一些摆动的、像蕨类植物的枝条，那些枝条几乎遮住了盘子的一边。

"柳树。所以这只盘子叫作'青柳瓷盘'。"

"我知道柳树长什么样，河边有很多柳树，可是它们跟盘子上的这些树一点也不像。"卢佩斩钉截铁地说道，她在为自己的无知进行辩解。

詹妮没有为这个细节费口舌。"河在哪里？"她问道。

卢佩从床上滑下去，又抱起了贝蒂。

"就在那边。"她一边说，一边用一侧的髋骨撑住小宝宝，以便腾出一只手，从后门指出去。

詹妮走到门口，站在卢佩的身旁。在东边，她能看到一排上下起伏的树叶，这让远处笼罩在一片蓝色的迷雾中。那排树叶看起来没有起点，也没有终点，因为河流的一处弯道将它们甩进詹妮的视野，而另一处弯道，又将它们拉出视野之外。

"就是那条河。"卢佩告诉詹妮，她还伤感地叹了一口气，"真希望河能近一些。"

"河有多远？"詹妮问道。

"一英里左右。"

"今天早上我们肯定路过那里了。"詹妮说道，她更像是在自言自语，而不是在对卢佩说，"真开心，这里也有柳树，跟盘子上一样。"

卢佩那双黑眼睛转向詹妮，目光中透出一丝苦恼。"可是它们跟盘子上的这些树一点也不像。"她挑剔地说道。

詹妮一时间没有作答。她的嘴角浮现出一抹睿智的微笑。她继续恍惚地凝视着那条河，对卢佩有些烦恼的目光无动于衷。

"从这里看过去，它们是一模一样的。"詹妮终于开口了，但她的声音近乎耳语，"它们甚至就像盘子一样蓝。没准儿柳树附近还有一座小拱桥呢。"

卢佩的脸上露出了喜色。"没错！"詹妮开始说得言之有理了，这让她感到如释重负。"公路跨过河的地方就有一座桥，只不过它不是拱桥。"

詹妮满脸不屑地看着她，问道："你怎么就不能幻想一下呢？我说的不是旧公路上的那种桥，而是像盘子上那种旁边有一座房子的小桥。"

卢佩缓缓地摇了摇头。"这个我就不清楚了，没准儿那边有一座房子。我可以问一问我爸爸。"

"不，别问了。"詹妮立即说道，"要是没有的话，我宁愿不知道真相。要是不那么确定，我就能一直假装那里的确有一座房子。"

卢佩怀着强烈的兴趣仔细地打量着詹妮。真有意思，这个奇怪的女孩说话的样子几乎就像是她能看见别人看不见的东西似的。卢佩不太确定对这种人太友好是不是稳妥之举。也许詹妮就是一个怪人，所以还是离她远一点比较好。可是她看起来又不像一个怪人，听她说话也挺有趣的，你永远猜不到她接下来会说些什么，她说话的样子就像是故事书或者电影里的什么人似的。卢佩以前还从来没有跟这种人接触过，这样的经历让她感到非常有趣、非常兴奋。詹妮若有所思地想着什么事情，卢佩猜不透她的心思，她感觉得到这个初来乍到的女孩身上有一种跟其他人都不一样的东西。她不慌不忙地仔细琢磨了一会儿，最终觉得自己还是喜欢詹妮，尽管詹妮有些与众不同。想到这里，她便开始期盼拉金一家不会很快就搬走了。

两个女孩的身后传来一个疲倦的声音，卢佩的思绪被打断了，詹妮也从自己的白日梦里回过了神。

"詹妮，现在你可以把衣服晾在篱笆上了。"

卢佩迟疑了片刻，她不知道作为客人，自己在这种情况下应该怎么办。"詹妮，我想帮你，可是我一把贝蒂放下，她就开始哭了。"她自然而然地说了一句客气话，化解了尴尬。

"没事的。"詹妮心不在焉地说,她的眼睛依然盯着那条河。

卢佩慢吞吞地走出了后门,她说:"忙完了就上我家来。"接着她又补了一句:"盘子真的很漂亮,真希望你能在这里住很长时间。"

詹妮没有立即作答,她仍旧一声不吭地站在那里凝望着后门。卢佩有些摸不着头脑,最终她还是离去了,她不知道詹妮究竟有没有听到自己这番简短礼貌的告别。终于,詹妮猛地回过神,意识到客人走掉了,她转向卢佩,那副模样就像是刚刚从睡梦中醒来的人一样。那个抱着贝蒂的墨西哥小姑娘已经朝着屋子的拐角走了一半的路了,小宝宝在姐姐的肩头望着后面,像只猫头鹰似的。

就在卢佩转过屋角、从詹妮的视线里消失的时候,詹妮冲着她喊道:"谢谢你,卢佩,我也希望我们能在这里住下来。"

詹妮走到那盆干净的衣服跟前,端起盆子,朝后门走去。但她没有径直走出去，而是在门口停住脚步，站在那里沉思了起来，那盆衣服把她两条纤细的胳膊拉得直直的。就在那一刻，一种特别的感觉涌上心头，她感到发生了某些好事。每次看着青花盘的时候，她总觉得会有好事发生，但这次不仅仅是感觉了。这一次，真的有好事发生了。卢佩说她希望他们能留下来！这还是头一回有人对詹妮说这种话。她的心里升起一股全新的暖意，这是交到朋友时才会感受到的那种温暖。她一动不动地站在那里，任由找到朋友的狂喜涌遍全身。就连卢佩认为河边的柳树和盘子上的柳树不一样这件事都已经不重要了。卢佩真的说了她希望他们留下来！在那一刻，詹妮可以原谅她的一切过错。

　　詹妮转身回到屋里。"卢佩挺好的，是不是？"她听上去有些胆怯。一切都取决于妈妈会作出怎样的回答。

　　"她是一个有礼貌的孩子。"拉金夫人漠然地说道。

　　但是詹妮感到心满意足。她端着洗衣盆走了，嘴上挂着一丝微笑。只要全家人留在这里，她就有朋友了，

就再也不必品尝孤独的滋味了。她有那只青花盘，同样的，她也会有卢佩这个朋友了。想着想着，詹妮就来到了刺眼的阳光下。考虑到她还抱着一大盆衣服，她的脚步已经算得上特别轻盈了。

"AS LONG AS WE CAN"
二 能住多久就住多久

　　詹妮晾完衣服回到屋里，她看到屋子地板上的木条留下了深深的水印，已经充满各种气味的房间里又多了湿漉漉的木头的气味。妈妈正把一把短扫帚斜靠在墙边。

　　"没法儿彻底打扫干净。"妈妈一边说，一边蹙着眉头看着高低不平的木板，"地板太粗糙了，但是用一把扫帚和热肥皂水，再花上一番力气，应该能打扫得差不多。"

詹妮不置可否地看着地板，在她看来，地板挺干净的，尽管妈妈一脸的不满意。她有些恼火地想知道，妈妈为什么总是对灰尘大惊小怪的？事实上，妈妈对很多事情都大惊小怪。近来，似乎没有什么事情能让她开心起来，疲惫的神色几乎一直挂在她的脸上。当然，如果他们不用四处搬家的话，妈妈应该会开心一些。可是他们也没有办法。哪里有活儿干，爸爸就得去哪里，而无论在哪里，活儿都不会长久。詹妮感到自己开始对妈妈有些不耐烦了，不过她及时想起了妈妈喜欢卢佩这个事实。况且，她的本意肯定是好的，喜欢干净比喜欢尘土强多了，尽管这种偏好会带来很多麻烦。

"只要炉子热着，我不妨做一些玉米饼。"拉金夫人继续说道。詹妮看着妈妈，妈妈擦了擦快要散架的桌子，拿出一个碗和一小袋黄黄的玉米面，开始干活儿了。詹妮若有所思地看着妈妈。现在适合请求妈妈准许她去拜访卢佩吗？她差点就要开口了，就在这时，妈妈朝她转过了头。

"把这个一放进炉子里，我们就可以开始收拾家了。我怎么就是适应不了住在乱七八糟的环境里呢！不要以为到了现在我就会适应这种日子，或者说我不会太介意这种日子。"

"我可以打开被褥把床铺好。"詹妮小声地提议道。

"不用，被褥对你来说太重了。等着，等我把手里的活儿干完。"

詹妮想要去拜访邻居的愿望更强烈了。

"詹妮，今天的书读完了吗？"妈妈问道，她似乎突然想起了这件事情。

"还没有。"詹妮如实回答道。这三个字似乎在她和卢佩之间拉开了三英里的距离。

"那你最好开始读吧。要是你白白晃悠完一天，没有完成今天的功课，你也清楚你爸爸会怎么说。"

詹妮非常清楚如果自己没有读完两页书的话，爸爸会说些什么。按照规定，她必须每天读两页书。爸爸相信，在一个人的生活中，有些事情是仅次于吃饭和睡觉的，阅读就是其中之一。

詹妮乖乖地离开了椅子，将手插到行李箱的箱底，那里放着青花盘。她掏出一本黑色皮面的书，书的背面和边边角角都已经磨得有些破旧了。

这是詹妮唯一的一本书。他们一家人辗转于各地参加农业收割，这样的生活导致詹妮没有多少时间去学校，甚至包括那些专供她这样的流动儿童就读的营地学校。有时候她会产生一种渴望，希望有朝一日，自己也能去上"正规"的学校，那里有很多书籍，甚至是新书，足够每一个孩子阅读。此刻她就是这么想的。她突然想到，也许卢佩上的就是这样的学校。卢佩已经在这里住了整整一年，到现在她已经属于这个地方了。詹妮慢慢地走回到椅子跟前，她想知道属于一个地方会是一种什么样的感觉。每天都去上学，去一所正规的学校，一星期接着一星期、一个月接着一个月地去那样的学校。

　　詹妮见过一次那样的学校。那所学校位于海边，她已经不记得具体在哪个地方了。当时，他们不得不在校舍门前停下来换轮胎。那是一幢红砖房，房子前面有白色的柱子和绿色的草坪，草坪几乎延伸到了马路上。那一天，詹妮觉得自己异常大胆，她蹑手蹑脚地走过人行道，一直走到伸手就能摸到光滑的白色柱子的地方。她回头瞟了一眼汽车，确定爸爸妈妈还在忙着换轮胎。她顺着校舍缓缓挪动，衣服摩擦着粗糙的砖墙，直到她能够透过窗户瞥见里面。里面有一个房间，房间里满是男孩和女孩。有的人坐在桌子旁，有的人在黑板上写着字，他们看上去好像全都属于那个地方。詹妮站在那里看了好久，直到汽车那边传来一声喊声，她才沿着来时的路飞速跑了回去。她不知道教室里是否有人意识到有人在偷窥他们。

　　没错，去那样的学校可真好啊。詹妮希望自己现在就在那样的学校里。待在那里应该远比待在这个令人窒息的屋子里盯着这本破破烂烂的书要好得多。即便如此，她还是通过这本书学会了阅读。她猜想，如果自己突然能去一所当地的学校上学，懂得阅读应该是一件非常不错的事情，尽管只有老天爷才知道这样的心愿怎样才能化为现实。况且，除了这一点，这本书里的一些故事很不错，甚至可以称得上精彩。

詹妮今天想读一读书中大洪水的故事。现在读"下了四十天四十夜的大雨"的故事正合适，这个故事或许能像青花盘一样帮她降降暑。

詹妮在椅子上坐了下来，用光溜溜的脚后跟踩着椅子下面的横档，然后翻开破旧的黑皮书，读了起来。她时不时地用手指压住某个字，在这一页上锁定它，直到将它读出来。无论这一章她读了多少次，那些奇怪的名字还是总会令她犹豫片刻。

炉门砰的一声被关上，玉米饼烤上了。在詹妮读到最后一节之前，拉金夫人到屋外呼吸了一口可能会凉爽些的空气。

地还存留的时候，稼穑、寒暑、冬夏、昼夜就永不停息了。

　　詹妮合上书，把它夹在膝盖上的两块补丁中间。她的双手若有所思地抚摸着柔软的皮革。想到这最后一节和妈妈的大惊小怪，她觉得其实没有什么可担心的。她坚信，永远都有收获的时节，所以爸爸永远都会有活儿干，只要"地还存留"。而且，就连这炎热的天气都不会永远持续下去，冬天迟早会到来。再说了，她还有青花盘。她这会儿想：只要妈妈看上去不那么悲伤，只要她——詹妮——能去正规学校上学，那么世界就没有什么可担心的。就在这时，好像为了证实詹妮的想法一样，她听到妈妈说："要是你想去的话，就去卢佩家玩一会儿吧。"

　　拉金先生回来之前太阳就落山了。在几个钟头前，小棚屋就已经被收拾妥当。床铺好了，行李箱塞到了床底下，不见了踪影，玉米饼摆在桌子的正中央。

　　詹妮又坐在了门口最上面那级台阶上，她希望爸爸一出现，她就能向他问候。就在世界的西头，红彤彤、气呼呼的太阳正在被自己的热浪吞噬着。现在，太阳几乎就要消失了，一丝微弱的清风将詹妮乱蓬蓬的亚麻色头发零星地吹起了一两根。若是风真有意要吹起来，而且美美地吹上一场，吹散河谷里凝滞的热空气，或者至少将它吹到河谷里的其他什么地方，该有多好！詹妮心想。

紧接着，詹妮看到一辆破旧的轿车出现在马路上，她回头喊了一声："是爸爸！"然后就从台阶上蹦了起来，跑向马路。汽车在凹凸不平的路上颠簸着向房子驶去，她在汽车旁边跟着一路小跑。在这个欢乐的时刻，炎热、妈妈疲倦的面容，甚至是卢佩，都被她忘得一干二净。爸爸回家了！

"嘿，小家伙，"拉金先生一边说，一边慢慢地从驾驶座上下来，"大热天里可不能这么跑。你的脸红得就跟鸡冠花一样。"

詹妮开心地笑着，当爸爸伸手到车里拿出一些包裹时，她紧紧地靠在他身上。

"给你，把这些给你妈妈拿去，我把后座的垫子取出来。"他说。

詹妮将包裹拿进了屋，很快，爸爸也笨手笨脚地抱着后座的垫子进来了。

"你想让我把垫子放在哪里？"他问道。

"这会儿摆在哪儿都行。等詹妮睡觉时，我们就把垫子放在随便哪个门道。那样会凉快一些。"妈妈回答道。

就跟以前许许多多个夜晚一样，今天晚上，这张垫子就是詹妮的床。事实上，詹妮都不知道如何在其他东西上睡觉。她知道的床就只是这张垫子，其实她觉得从各个方面而言，这张"床"都很像样。当然，她已经十岁了，两只脚已经伸出了垫子一点点，但是把手提箱推过来放在垫子的另一端，就解决了这个问题。

"爸爸，这次的活儿会干很长时间吗？"詹妮想知道答案。

"说不准。不过我想很有可能。我们得灌溉上一阵子，等到了采摘的季节，我想不出有什么理由不让我参加。
詹妮，棉花田里的活儿怎么也干不完。"

"报酬怎么样？"拉金夫人问道。

"一个钟头二十五美分，我干八个钟头，总共多少钱
啊，小家伙？快点！"

拉金先生转身面向詹妮，站在那里咧嘴笑着，詹妮
默默地心算着这道数学题。她死死地盯着爸爸的眼睛，
就好像能在爸爸的眼睛里找到答案似的。就在爸爸的咧
嘴笑要扩大成谴责的时候，"两美元！"詹妮喊道，就这
么快。

"正确！"爸爸说着，脸上露出了喜色，"我们家养
大的孩子就是这么充满自信。"

"有时候我真庆幸这不是我们的家，就像现在这会儿。"
妈妈回来了，她拖着沉重的脚步走到桌子前，那上面放着
装有他们晚餐的包裹，就在玉米饼旁边。

"确实没什么可夸耀的，这是事实。"爸爸附和道，
他用挑剔的目光打量着四周，"不过，它看上去确实比今

天早上你接手之前好一些了。"

听到这句话，妈妈露出了笑容。拉金先生受到了鼓励，他用有些调侃的腔调继续说："克莱拉，像你这样喜欢擦洗实在是可怕，我们住过的房子又没有一座值得你这样擦洗。或许有一天，情况会不一样。"

"也许吧。"妈妈简短地回了一句，笑容也消失了。

有那么一会儿，拉金先生打量着妻子，突然他的脸上露出忧伤的神色，肩膀也垂了下去。他转头看着詹妮。

"来吧，小家伙。我们趁着天黑之前再弄到一些柴火。"

于是两个身影并排走着，一个特别高，另一个特别矮，都穿着褪了色的蓝色工装裤，缓慢地移动在棚屋后面的平原上。每个人手里都拖着一只麻袋，将能找到的灌木枝或树根统统塞进里面。麻袋装满后，拉金先生一手拿着一只麻袋把它们拖到了后门。接着，他和詹妮又拎着水桶去隔壁田里的风车房。要想进入那片田地，他们就得打开一扇用带刺铁丝网串起来的门。

田里有很多牛，当他们打开那扇门的时候，那群硕

大的红色牲口迈着笨拙的步伐跑开了，站在远处盯着这
两个陌生人。

詹妮有些犹豫。

"这些小公牛不会打扰我们的，它们和真正的野牛不
一样。"爸爸说道。詹妮显然放心了，大胆地跟在爸爸身
旁迈起了步子。尽管如此，她内心还是有些恐惧，她怀
疑地看着这些牛。

在等着水桶接满水的时候，詹妮说："今天，马路对
面的卢佩·罗梅洛过来了，她说我们住的房子是这座风
车和这些牛的主人的。"

"没错，我知道。"拉金先生说，"今天早上我去他们
家的时候，她爸爸已经跟我说了。"

"主人知道我们住了他的房子吗？"詹妮问道。

"据我所知，他不知道。"

他们正走在回小棚屋的路上。詹妮关上那扇门，然
后跑着去追她的爸爸，拉金先生拎着满满一桶水已经走
到了前面。

"等他发现之后，要是不让我们住了怎么办？那时我们要怎么做呢？"詹妮问道。刹那间，一种奇怪的恐惧感笼罩在她的心头。要是明天或者后天他们就得搬走呢？她可能就再也见不到卢佩了！

拉金先生停下脚步，目光越过女儿的头顶望着西边，他在开口作答之前思索了一会儿。詹妮急切地在爸爸的脸上寻找着答案。

"他可能会让我们住下去的，只要我们每个月能给他交些钱。我宁愿交些钱，也不想再搬到棉工营地去了。反正住到营地也得交租金，我们还是单住比较好。詹妮，为了能这样生活，哪怕我们不得不放弃一些东西。"

詹妮立即点了点头，她同意爸爸的说法。

"罗梅洛一家在他们的房子里已经住了一年了。你觉得主人会让我们也住那么久吗？"

"如果我们付钱的话，他可能会同意的。"

突然间，一种奇怪的麻刺感爬遍了詹妮的全身，她立即感到自己的胸腔对于涌动其中的东西来说太过狭小

了。也许一个多月之后，他们都不用再搬家了！也许爸爸会留下来，她和卢佩会成为真正的朋友。甚至她可能会去卢佩的学校上学，一所"正规"的学校，不是为流动儿童开办的营地学校。

还没等詹妮回过神来做出适当的回答，爸爸又开口了："詹妮，我们必须尽快在某个地方住下来。你妈妈的身体不太好，这已经不是一天两天的事情了。如果她能够在某个地方待得足够久，或许就能得到一些休息，这会让她大有好转。不过，这也很难说。"

"就是说，我们能住多久就住多久？"詹妮问道。

"没错，能住多久就住多久。"

詹妮叹了一口气，当她跟在爸爸的身后朝小棚屋走去时，她裸露的脚趾有些拖着地。问题还是以前的问题，回答也还是以前的回答。要是能让她说上一次"我们想住多久就住多久"，有什么东西是她放弃不了的呢？

回到屋里，詹妮和爸爸看到晚餐已经准备好了。他们把桌子挪到床跟前，这样他们三个人就都有坐的地方了。洗完盘子后，他们在门口的台阶上一直坐到了临睡前。原本微弱的风大了一些，月亮的光辉照亮了大地和天空，这光辉对于仍然被明亮的太阳光刺痛的眼睛来说，宛如一剂止痛药膏。在路边，一根杆子的顶端有一只嘲鸫，它丢下了三声如月光般清脆的音符。

詹妮充满感恩地想起了那句话："地还存留的时候，稼穑、寒暑、冬夏、昼夜就永不停息了。"

在马路对面，罗梅洛家里闪烁着灯光。

"只要我们留下来，我就有卢佩这个朋友。"詹妮同样感恩地想着。

COUNTY FAIR

三 赶集

拉金一家人已经在木板搭的小棚屋里住了一个星期
了。一天，就在午饭后不久，卢佩·罗梅洛又从马路对
面过来了。自从詹妮给她展示了青花盘的那天起，这已
经不是卢佩第一次过来了。她们两个已经成了好朋友，
你来我往地串过好几次门了。詹妮喜欢生性乐观的罗梅

洛一家，尤其是卢佩和她的妈妈。这个墨西哥家庭似乎总是无忧无虑的。詹妮发现，他们跟总是满心忧愁的妈妈形成了鲜明的对比。她甚至不再怨恨卢佩的轻笑，在这短短的几天里，她已经懂得了你不必怨恨一个朋友嘲笑你。

到目前为止，还没有人要求拉金一家搬走或者缴纳房租。詹妮不相信这样的好运气会持续很长时间，不过她决定只要好运气还在，她就要充分利用它，不去担忧未来。爸爸已经说过，除非房租很高，否则他们宁愿支付房租，也不愿再住到棉工营地去了。就这样，这个小家庭不知不觉有了安顿下来的感觉。

詹妮看着卢佩走了过来，她注意到今天卢佩走得很快，带着某种目的。要发生不寻常的事情了。

"怎么啦？"詹妮从门前的台阶上大声问道，她的声音听上去带着关切。

"我们要去赶集啦，妈妈说你也可以去。"卢佩也大声回答道。

"什么集市？"果然发生了不寻常的事。

"在弗雷斯诺的大型集市，每年一次。今天是第一天，小孩可以免费入场。你想去吗？"

她想去吗？詹妮心想，卢佩怎么会这么愚蠢！她当然想去了。尽管她不太确定卢佩说的是什么，但是听起来非常令人兴奋。况且，这里距离弗雷斯诺有二十五英里，单是这一路的旅行都会很有趣。她之前还从来没有赶过集，所以这将会是一次真正的冒险。她感到自己都想一个筋头翻下前门廊，不过最终她只是说了一句："我得先问一问妈妈。"詹妮心想，提前激动也没有用，除非你知道接下来会发生什么。

詹妮把这个令人兴奋的消息告诉了妈妈。"你百分之百确定不需要买门票吗？"拉金夫人问道。

"卢佩就是这么说的。"

这时，卢佩也走进了屋子里。"不骗你，拉金夫人，真的是这样的。我们几个孩子都要去，要是不免费的话，我们肯定去不了。"

　　在同意之前，拉金夫人充满疑虑地打量了詹妮一会儿。她还从来没有让这个小姑娘离开自己太远，她花了一点时间才习惯这个主意。在拉金夫人犹豫的时候，詹妮用两只光着的脚轮流蹦跶着。最后，她把一只脚的脚指头抓在手里，像一只不耐烦的鹳一样全身扭动着，不过，她那双焦虑的眼睛始终没有离开过继母的脸庞。妈妈也会对这种事情小题大作吗？不过最后，拉金夫人开口了："好吧，你先洗一下，趁这会儿工夫，我过去见一见罗梅洛夫人。我想把情况了解清楚，而且我想确切地知道你们什么时候才能回来。"

　　还没等妈妈走到前门口，詹妮就已经走到了后门，她将胳膊举过头顶，去够挂在门外的洗衣盆。卢佩帮着詹妮端稳洗衣盆，两个人一起稳稳当当地取下了盆子。詹妮把盆拖到屋子中间，将几乎满满一茶壶的温水倒进了盆子里，然后将凉水桶里剩下的水也全都倒了进去。有那么一会儿，她有些迟疑地打量着洗衣盆，里面的水只有三英寸高，但最终她断定水够用了。

卢佩天性敏感，她觉得詹妮可能想要自己一个人洗澡，于是她慢慢地朝前门走去。

"等你准备好了就来我家吧。等不到你，我们不会出发的。"卢佩说。

"谢谢啦。"詹妮一边说；一边解开了工装裤的背带。突然，她产生了一股冲动。她啪嗒啪嗒地走过房间，用一只胳膊搂住了卢佩。"谢谢你记得我。你太好了。"她说。

卢佩难为情地咯咯笑了起来，扭动着从詹妮的怀抱里抽出身来。"哦，没事的。我想要你去。"

詹妮看着卢佩走下台阶，有些担心让对方从自己的视线中消失。万一罗梅洛一家变卦了，不想等她了呢？万一到最后一刻他们彻底忘了她呢？詹妮几乎慌了神，她飞快地跑回屋里，匆匆脱掉身上的衣服，一下跳进了盆子里。

拉金夫人回来时，詹妮已经洗完了澡，正准备穿干净的衣服。至于她应该穿哪条裙子，并不存在这个问题，因为她只有一条裙子，这条裙子是专门在特殊场合穿的。

在詹妮的生活中，这样的场合极其稀少，所以这条裙子她已经穿好久了。事实上，它仍然保持着刚刚好的长度，因为自从它还是一条新裙子起，詹妮就没有长高多少。她把裙子从脑袋上套下来，将腰部拉展，裙子刚刚拂过她膝盖上方被晒黑的腿。

"有时候，长得不太快也是一件好事。可是这样也不对，我得说，看到你这么瘦，我真的有些担心。"拉金夫人一边说，一边打量着裙子。

"妈妈，我没事的。我觉得挺好，尤其是今天。我不像卢佩一样胖，并不能说明我有病啊。"

为了消除妈妈的疑虑，詹妮努力咧开嘴，挤出一个笑容，因为妈妈有可能会产生别的念头，不准她外出游玩。

"我不是在说你有病。"拉金夫人做出了肯定的答复，"只是，你看上去比实际年龄要矮小，这样不正常。"

詹妮没有吭声，她翻找着放在墙角的一只盒子，从里面拽出一双帆布鞋。她将两只光脚伸进鞋里，开始系鞋带。她三下五除二地将鞋带系上。詹妮瞟了一眼窗外。没问题，罗梅洛家的车仍旧停在他们的房子前。卢佩说到做到，他们在等着她。

拉金夫人刚才一直在屋子另一头忙碌着，现在她走了过来，拿出一块干净的白手绢递给詹妮。手绢的一角打着一个结。

"给你，没准儿能用得上。我绑了五美分在里面，你想怎么花就怎么花吧。"她说。

詹妮惊讶地接过那块碎布，小心翼翼地拿着它，仿佛它会在自己的手里爆炸似的。这还是她平生头一回有了属于自己的钱，她几乎不知道该说什么才好。

"我会小心的，不会把它弄丢。"她能想到的就只有这句话，她一边说，一边小心翼翼地将手绢塞进了裙子的口袋里。她有些害羞地抬起眼皮，看着妈妈的脸庞。妈妈脸上的倦容不见了，取而代之的是同样闪烁着光芒的骄傲和爱。这一刻妈妈看上去挺开心的，甚至显得有些兴高采烈。妈妈这么高兴，是因为一个小女孩碰巧要去赶集吗？詹妮想不出还有什么理由了，她断定事情肯定是这样的。想到这一点的同时，她惊讶中夹杂着一种羞愧的感觉，因为自己永远只会注意到妈妈的抱怨。

拉金夫人弯下腰亲了亲詹妮，跟她道了别。"无论是丢了还是花了，它都是你的。"她又重复了一遍。

詹妮一言不发地回吻了妈妈，然后便悄悄地走出屋子。她在台阶上驻足了片刻，踮起脚，对着广阔的天空仰起了脸。她要去赶集了，口袋里还装着属于自己的五美分！这个世界可真美好啊。但愿他们不会马上搬走，毁了这一切。但她不愿多想这件事情。他们今天还在这里，很有可能明天也在这里，这已经够长远了。她高高地蹦了起来，蹦下台阶，飞快地跑过了马路。

早上曼纽尔·罗梅洛和一个朋友一起出工了，把汽车留给了妻子。曼纽尔和詹妮的爸爸不一样，他不在棉花田里打工，而是一群墨西哥工人的工头，那些工人都受雇于葡萄种植园。圣华金河谷有数千亩葡萄园，其中许多葡萄园都与棉花田和牧场毗邻，因为土壤的质地相差很大，适合各种土壤的农作物也都不尽相同。长期住在当地的曼纽尔对周围的农场经营者都很熟悉，再加上多年来他们发现他能稳定地为他们提供大量劳动力，所以他和手下的工人能得到很多工作。虽然他们的收入绝对不会让他们过上富裕的日子，但也足够让他们开心了。这一带也很难找到能比罗梅洛一家人更知足、更友好的人家了。

终于上路了，至少此时詹妮是这样认为的，她终于上路了。罗梅洛夫人开着车，詹妮荣幸地坐在她旁边的座位上，罗梅洛家的其他人都坐在后座上。托尼在后座上蹦来蹦去，詹妮从他压低的笑声和时不时出现的砰砰声判断，他的表现不太得体。

詹妮回过头飞快地瞟了一眼，她看到卢佩拼命地摇着头，冲车窗外的某个人皱眉头。不过，卢佩的眼睛并没有流露出不满的神色，只是充满了顽皮。出于对这次出行的重视，卢佩好好地打扮了一番。她穿着一件几乎全新的深粉色方格裙子，上了浆的裙子笔挺笔挺的。詹妮觉得这条裙子衬得卢佩黝黑的皮肤比平时更黑了，可是，卢佩捋平裙子上的褶皱，明显露出了得意的神色。于是詹妮知道，自己考虑到的这个问题并不重要。卢佩一头蓝黑色的头发被编成了两条麻花辫，这两条辫子又分别吊起来，用两条白色的细丝带在头的两侧扎紧，于是辫子形成了一个环垂在肩膀上。要是能让自己这一头亚麻色的头发变得像卢佩的头发一样乌黑亮泽，詹妮愿意牺牲很多东西。

这一天的天气还是热得叫人不舒服，热浪在他们前方的马路上舞动着。远处的荒原上散布着一块块白色的盐碱，将一团团黑乎乎的肉叶刺茎藜衬托得更醒目了。海市蜃楼闪烁着微微的光芒，展现出诱人的蓝色水域，它召唤着人们，迷惑着不太了解这一奇景的人。但是詹妮非常聪明，她不会受到蒙蔽，她很清楚到了那里，你只会看到更多的盐碱、更多的肉叶刺茎藜。

詹妮摸了一下口袋，想知道手绢是否还在那里。手绢的确还在她的口袋里，正如她知道它会在那里一样。

她该怎么花掉这枚硬币呢？用五美分能买很多东西吗？

罗梅洛夫人打断了詹妮的思绪。"詹妮，你真安静。"她的语气中带着一丝轻微的责备，"现在你应该不会再对我们感到陌生了啊。你得笑一笑，得开心起来，我们可是要玩整整一个下午呢。"

詹妮立即转过头，刚好看到罗梅洛夫人那双乌黑友善的眼睛。这双眼睛朝她笑了笑，随即又看向前方的马路了。

"我很开心。"詹妮说，她的脚趾在帆布鞋里蜷缩着，"您绝想不到我有多么开心。"

"这样就好了。"罗梅洛夫人说，她直视着正前方，赞许地点了点头。

詹妮突然想提一提自己有五美分的事，不过转眼她就放弃了这个想法。妈妈可不希望她给人留下爱吹嘘的印象。

突然，詹妮的鼻孔里充满了淡水的芬芳，绝对不会错。这股气息就像凉爽的微风一样令人愉快，它只能说明一

件事情——他们肯定离河很近了。詹妮兴奋起来，伸长
脖子朝窗外望去。她看到那条河顺着马路流淌着，并穿
过陆地，逐渐加宽，形成了一片泥沼。香蒲长得很茂密，
秧鸡煞有介事地在香蒲丛中啪哒啪哒地钻进钻出，弯下
的芦苇上零星落着几只红翼鸫。现在他们快开到河边了。
詹妮向前凑了凑，没错，柳树就在那里。它们看上去就
像是盘子上的柳树。卢佩注意到了吗？从这么近的距离
看过去，它们当然是绿色的，长得也比画中的柳树更茂
密。但是在他们过桥的时候，詹妮瞟了一眼上游的河水，
她看到郁郁葱葱、形似蕨类植物的柳条远远地在河面上
摆荡着。

　　即使是匆匆一瞥，詹妮也被这个地方的魅力打动了。
她莫明觉得必须得想个办法说服爸爸带她上这里来。她
觉得自己必须摸一摸那些柳树，必须在清凉的河水中蹚
一蹚。没准儿妈妈也想来。他们可以带上一些吃的，在
这里待上一整天。她想知道什么时候才会有这样的机会。
明天？后天？可是也许明天他们就要走了。詹妮立即抛

开这个念头，以免自己又伤感起来。眼下可不是沮丧的时候，她正要去赶集呢！明天——无论明天会带来怎样的运气——一切都可以等到明天再考虑。

还没看到围着集市的篱笆的影儿呢，詹妮就知道他们快到目的地了，因为这里的汽车多了起来。罗梅洛夫人不得不开得很小心，因为成群结队地走在路边的男孩和女孩们太兴奋了，根本不在意他们旁边移动的车流。看到这些孩子，詹妮感到了一些宽慰。要是不免费的话，肯定不会有这么多小孩子赶来了！

待车停稳后，她感觉踏实多了，因为她终于来到了代表集市入口的拱门下，并且意识到自己其实已经在集市上了，而五美分的硬币也平平安安地待在她的口袋里。两行榆树从入口一直延伸向不远处的第一座房子，他们顺着榆树溜达着，詹妮趁机了解周围的情况。

"摩天轮在那边，它总是在同一个地方。"卢佩向詹妮介绍道。

"那段篱笆是做什么的？"詹妮指着左边问道。

"那是竞赛的跑道，只是第一天没有比赛。"自从到了可以蹒跚走路的年龄，卢佩每年都会参加集会。她非常享受这个可以卖弄自己见识的机会，而詹妮不常给她这样的机会。

不过詹妮并不嫉妒有些洋洋自得的卢佩，身边有人对这一切了如指掌，这给她带来了方便，也令她感到安心。赶集的人时时刻刻都在增多，詹妮也越来越手足无措了。幸好有罗梅洛一家紧紧地守在她的身旁，她才没有对周围陌生的一切感到恐惧。

一提到跑道，卢佩的弟弟就恳求道："我们先去看一看马吧。"于是罗梅洛夫人抱起贝蒂，他们都朝着集市的尽头走去，牲畜都被关在那里。詹妮还从来没有见过一个地方会关着那么多动物。许许多多的绵羊、公猪、马、骡子和牛，所有动物都那么干净，被喂养得那么好，它们看上去就像是刚刚从诺亚方舟上下来，一个个都身着盛装。看着它们，詹妮心想，要是人也能像马一样长着那么光滑的皮毛该多好啊，永远不会变旧，永远那么合身。

他们进进出出，四处闲逛着，最后他们发现自己走进了另一座房子，房子里展览着五花八门的物品，百衲被、一罐罐水果，还有许多摊位，上面精致地摆放着各种新鲜的蔬菜，其间还展示着它们原产小镇的名称。

"产品展示最棒的小镇会得奖。"卢佩说。

一大堆一大堆的水果码放得高过了他们的头顶，看上去那么诱人。橙子、苹果、葡萄，还有梨。所有的水果都闪闪发光，显得那么美味可口。

詹妮羡慕地看着如此丰富的水果，一时间有些不知所措。她只在书上读到过如此丰盛的场景，被派出去侦探迦南地的那些人，肯定跟她此刻的心情是一样的。这座圣华金河谷绝对是"流淌着牛奶和蜂蜜的地方"！她从未想过世上会有这么多不同种类的食物。然而此刻，这些食物就摆在她的面前，触手可及，让她大饱眼福。

詹妮心想，这些水果根本就是在哀求我吃了它们，它们不想百无一用地待在这里，等着落上灰尘，等着熟过了头。如果现在伸出手，抓住那个特别诱人的梨子，会怎么样？那么多梨子中间少了一个，会有人注意到吗？没错，会的，她无奈地让自己面对了现实。整齐有序的展品中会出现一个窟窿，况且，从摊位拿走一个梨子算得上是偷窃了，詹妮及时地想起自己可不是一个小偷。她坚定地转过身，背对着水果摊，只是任由自己惆怅地叹了一口气。

罗梅洛夫人听到了她的叹息声。"累了吗？"她不安地问道。

"没有，"詹妮咧开嘴笑了笑，"就是太诱人了。我们还是出去吧，免得我拿起什么。"

旁边的一座房子里是商业展览，里面甚至还有一个小小的舞台。每过一段时间，一名魔术师就会表演一些令人称奇的小魔术，他让手绢从油桶里浮出来，然后又从桶里倒出油，可手绢还是干干的，而且很干净。尽管托尼信誓旦旦地重复说，任何人都能表演这种"老掉牙的小把戏"，但卢佩和詹妮还是认为魔术表演太精彩、太神奇了。

等魔术表演结束后，他们又溜达到了对面的摊位跟前，就在这时，詹妮突然停下了脚步。她看到面前的摊位看上去就像一间十分舒适的客厅，地板上铺着一小块地毯，每把椅子旁边都摆着一盏高高的灯。

詹妮有些糊涂了，难道集市上的这个摊位还能住人吗？但是这儿有一件事情很奇怪，使它和真正的客厅有些不同。在这间"客厅"的中央摆着一张圆桌，上面堆着很多书。这些书有的大，有的小，全都亮闪闪、新崭崭的，它们摆放在某种架子上，于是从桌子边缘开始，书以一个圆圈形状逐渐上升，形成了一个小书山。略微瞟上一眼，就能看出来这些书全都是给孩子们看的。艳丽的封面吸引住了詹妮的视线，让她看得出了神。她感到自己就像被某种无法抗拒的魔力拽到了桌子前，她无法若无其事地从桌子旁边走过去，即使她想这么做也不行。事实上，她也不想这么做。

"这是'小书屋'，只是一些书而已。"卢佩说，她的腔调就像之前介绍摩天轮时一样随意。

只是一些书而已。詹妮好奇到了极点，也就是说，它们都是新书喽。是那些如果她能进入正规学校，就每天都会学的书。詹妮从来没有摸过一本崭新的书。诱惑已经强烈到让她无法抗拒的程度，那股看不见的力量推着她靠近了桌子。她谨慎地向前挪动着脚步，终于挪进了摊位里。她打量着四周，感到已经被遗忘的久远的记忆又在内心深处涌现了出来。曾经就在某个地方，她见到过类似的房间，一座房子里的一个房间。不过，那已经是很久很久以前的事情了。

詹妮走到桌子跟前，就在这时，一个女人突然从桌子旁冒了出来。

"进来歇一歇吧。这些书摆在这里就是为了让你看的，只要你愿意的话。"那个女人说道，那副模样就好像她从一开始就认识詹妮似的。

詹妮放心了，她踮着脚尖绕着桌子打量着，完全忘记了罗梅洛一家还在"小书屋"外面耐心地等待着她。

但是托尼开始有些不耐烦了。

"走吧，我们要去坐旋转木马啦。"托尼喊了一声。

詹妮立即强迫自己离开桌子，径直朝罗梅洛夫人走了过去。"我想在这里待一会儿，你们想去哪里就去哪里吧，我就待在这里，直到你们回来。"她斩钉截铁地说道。

"你不想坐一坐旋转木马吗？"卢佩问道，她似乎无法相信自己的耳朵。

詹妮摇了摇头。"比起去别的地方，我更愿意待在这里，我发誓。"

"好吧。"罗梅洛夫人有些迟疑地开口了。在热切的恳求中，詹妮的蓝眼睛变得更蓝了。"好吧，那你一定不要跑到别处去，直到我们回来。"

"我真心向您保证，罗梅洛夫人，我对天发誓，不然我不得好死。"詹妮摆出一副夸张的样子，看上去好像一旦罗梅洛夫人不同意她的请求，她就会立即断气似的。

罗梅洛一家有些不放心地走掉了。卢佩回头看了看詹妮，那双棕色的眼睛里充满了迷惑。她还是无法接受詹妮更愿意盯着书本而不是去坐旋转木马这个事实，心地善良的卢佩开始产生某种怀疑。也许詹妮没有钱坐旋转木马！她突然感到非常难过，刚刚还十分高昂的兴致彻底被破坏了。随即，她黝黑的小脸突然因一份固执的决心而露出坚毅的表情。詹妮必须坐一次旋转木马，她——卢佩——要负责促成此事。他们越接近旋转木马那熟悉而迷人的音乐声，卢佩的决心也就变得越坚定。

　　与此同时，詹妮并不知道卢佩的内心正在饱受煎熬，她满心喜悦，完全沉醉于自己刚刚找到的宝藏中。她几乎不知道该从哪里下手，每本书都跟旁边的书一样诱人，可是她难以同时读两本！她踮着脚绕着桌子走了几圈，谢天谢地，邀请她进来的那个女人去忙自己的事情了，留下她一个人在这里。詹妮不希望有人帮自己出主意，也不希望有人向自己问问题。她只想一个人待着，尽情享受这顿"大餐"，能享受多久就享受多久。终于，她选定了一本书，就像每次拿出青花盘一样，她恭恭敬敬地将那本书拿了下来，然后坐到一把椅子上，开始读起来。

读了也许有十五分钟的时候，詹妮突然感觉到卢佩的手在捏她的肩膀，卢佩的声音传到了她的耳朵里："我中奖了，可以免费坐一次，我想让你坐。"

詹妮花了整整半分钟才明白卢佩的意思，但当她明白时，她的脸涨得红彤彤的，眼睛里闪现出一丝寒光，就像蓝盈盈的冰一样冰冷。

"谢谢你，可是我不想坐。"詹妮说，尽管受到了羞辱，她还是努力保持着礼貌，"这是你的机会，再说了，我也有钱，我不需要任何人的接济。"

卢佩目瞪口呆地看着詹妮，情况完全出乎她的预料。这个詹妮总是那么敏感，她——卢佩——竟然伤了朋友的心，可她完全是出于一片好意啊。她该怎么做才能补救呢？这个墨西哥小女孩很难明白詹妮为什么会对她动怒。如果你有什么东西的话，就应当跟朋友分享，或者说卢佩一直是这么认为的，并且朋友接受你赠送的东西也是理所当然的事。可是出于某种原因，詹妮不愿意接受她的礼物。好吧，那么卢佩就换一种方式，这样詹妮就不会觉得自己是在接受别人的接济，她会认为坐一次旋转木马就是在帮卢佩的忙。

卢佩狡猾地耷拉下眼皮，这样詹妮也许就觉察不到她善意的谎言了。

"我知道，可是我已经坐了好多次了，再坐一次我就该头晕了，所以我才想到让你来坐。"卢佩小声说道。

詹妮打量了一会儿卢佩低垂的眼睛，冷冰冰的她慢慢地缓和了下来。在这个国家的各地四处流浪、同形形色色的人打交道的生活令詹妮拥有了超乎年龄的智慧，现在直觉提醒她，卢佩刚刚说的不是实话。就在这时，卢佩抬起有点模糊的双眼看着詹妮，她的眼睛在探询着。这令詹妮同样确信，卢佩并不是出于可怜她，而是出于友谊才这么做的。有某种东西在告诉她，你可以接受一个朋友的礼物。或许，有时候你就必须这么做。此时此刻无疑就属于这种情况。

詹妮伸出手，卢佩将奖券放在了她的手里。

"好吧。"詹妮说道，她小心翼翼地将目光从卢佩的脸上挪开了，"只要你确定自己不想坐了，我就去坐。"

"是的，我不想坐了，詹妮。没问题。"卢佩轻声说道。

詹妮坐上了旋转木马，等她玩儿完后，就到了他们该回家的时间了。但是，在动身之前，詹妮必须花掉自己的五美分。她应该买什么呢？罗梅洛一家提供了各种各样的建议。罗梅洛夫人建议她买一个蛋筒冰淇淋，詹妮的嘴巴都要流出口水了。托尼觉得蛇形气球才值得买。他们在马路边的榆树下站了一会儿，在他们的身后有一个小小的手推车，上面挂满了能想象到的各种糖果和廉价的小玩意儿。

"我知道了，这个也很棒。"詹妮终于开了口，听上去很有把握的样子。她走到手推车跟前，向那个男人要了一包口香糖。趁着对方取下口香糖的时候，詹妮将手绢扯了一会儿，终于把硬币从手绢里扯了出来。她将硬币递给对方，从对方手里接过了口香糖。詹妮心急火燎地撕开包装纸，给了罗梅洛家的每个人一块口香糖，只有贝蒂除外，当然，她还太小了。这样一来，刚好还剩下两块可以给爸爸和妈妈。詹妮昂首挺胸地和罗梅洛一家人走在高高的榆树下，他们走出大门，告别了集市。这一天过得可真愉快啊！

JANEY WALKS INTO A PICTURE
四 詹妮走进了一幅画里

第二天就没有那么令人满意了，至少从某种角度而言，不太令人满意。妈妈会说，一切都取决于你如何看待它。总之，无论是好是坏，第二天拉金一家就得交房租了。

拉金先生刚下班回到家，一辆卡车就从他们的棚屋前开了过去，一直开到了有风车的那片农田的门口。从卡车上下来一个男人，他打开门，走进了田里。他在田里待了一小会儿，看了看风车，又察看了一下牛群，然后回到车上，似乎是要开车离去了。结果，他将车开到棚屋跟前时停了下来。他甚至懒得关掉发动机，只是从车上跳下来，三步并作两步地来到了棚屋门外的台阶上。

"你好，伙计。"在拉金先生站起身，朝敞开的前门走过来时，那人得意洋洋地喊了一声，"你们什么时候搬进来的？"

这时天色还很亮，詹妮有充分的机会将这位不速之客仔仔细细地打量一番。她不喜欢眼前的这个人，可是她也不太清楚这个男人身上有什么地方令她感到不放心。"肯定是他的眼睛。"她推断道。那两只眼睛狡猾地乱转着，似乎根本无法在任何一样东西上停留超过一秒的时间。而且，他的态度似乎也清楚无疑地表明，拉金一家的命运就掌握在他那只脏兮兮的右手的手心里。他肆无忌惮地迈着大步走进了他们的屋子，随心所欲地四处打量着，这种举止太能说明问题了。詹妮甚至觉得，一旦他看到令他感兴趣的东西，这样东西肯定立即就归他所有了。有生以来头一遭，她十分庆幸青花盘不在视线范围之内。

"有什么需要帮忙的吗？"詹妮感觉得到爸爸的怒火。他的声音冷冰冰的，毫无热情。显然，他跟詹妮对这位不速之客有着同样的感觉。

"我得说的确有事找你。住这个棚屋的话，你只需要每个月交五美元。无论是从什么时候搬进来的，房租都从你搬进来的那一天算起。"陌生人回答道。

"我们已经住了一个星期了。"拉金先生说。

那个男人眯起眼睛，迅速地琢磨了片刻，最后说道："是，我估计没错。上次我路过这里的时候，这儿还没有人住。"

拉金先生没有理会对方的话。他走到妻子跟前，小声地跟妻子交谈了一会儿。拉金夫人一直待在炉子跟前，背对着屋里。拉金先生又回到那个男人面前，把手伸进口袋里，掏出一个羊皮袋子。

"给你钱，但是我要拿到收据。"

那个男人迟疑了一下，随即便说："伙计，没有这个必要。我可是邦斯·雷伯恩，在这一带谁都认识我。"

"一样，"拉金先生轻声说道，但他收紧了羊皮袋上的绳子，"我还是需要你给我一张收据，否则你就别想从我这里拿到钱。"

邦斯的眼睛里闪现出一丝丑陋的光亮。詹妮刚好看到了那丝光亮，她的后背感到一阵古怪的战栗。那个眼神一闪而过，随即邦斯耸了耸肩，咧开了嘴。在詹妮看来，他的嘴咧得有些太大了。

"好的。谁给我一张纸，我就写'约翰·亨利'这个名字。"邦斯说道。

詹妮拿出一张包装纸，她爸爸在纸上写下了日期和房租金额，然后在桌子上将纸推给了邦斯。邦斯潦草地在纸上签了名，然后一把将纸片甩了过来。

"这座房子是你的吗？"拉金先生一边问，一边将纸片叠起来，塞进了羊皮袋子里。

"不是，但是我有股份。"邦斯朝门口走去，"我是安德森的工头，从这儿到河边，这些地全都是他的，但是我说了算。"他又强调了一句，同时将两只手插在后裤兜里，张狂地直视着拉金先生，"所以，你可别跑着去找他，跟他瞎嚷嚷一通，那样你什么好处都捞不到。"

拉金先生不想搭茬儿。邦斯转身朝门口走去。"唔，回头见。再见喽！"他随意地挥了挥手。

詹妮一声不吭地看着邦斯钻进卡车，轰隆隆地开走了。好吧，他走了，带着爸爸辛辛苦苦赚来的五美元走了，但是他一句也没提让他们搬走的事。一想到这一点，詹妮就不再为失去的那笔钱感到遗憾了。这天夜里，她躺在汽车后座垫子上，望着一闪一闪地冲她眨眼睛的星星，仿佛她和浩瀚的天空有了一个他们之间的秘密。她想明白了，租房子的事情终于彻底解决了，这太令人宽慰了。当然，就在还有那么多地方需要用到钱的时候，眼睁睁地看着五美元从他们的手中被交出去，这一幕的确令人难以忍受。可是知道他们再也用不着搬到棉工营地去，又实在太令人开心了。只要他们交房租，这个邦斯·雷伯恩大概就会允许他们一直住下去。设想一下他们再也不用搬家了！设想一下爸爸就在这里找到一份可以永远干下去的工作！想着这些开心的事情，詹妮渐渐进入了幸福的梦乡。

第二天清晨，詹妮平静的心遭到了重创。九点钟左右的时候，拉金先生出人意料地走进了棚屋，他告诉母女俩，接下来三天没有活儿干了，灌溉系统出了点儿事，工人们不得不歇工几天。詹妮因恐惧而感到一阵恶心。"没有活儿干了"这句话永远都意味着搬家。就在她刚刚感到安全的时候，听到这句话实在太可怕了。詹妮的脸看上去那么悲哀，这让注意到她神情的爸爸哈哈大笑了起来。

爸爸打趣道："小家伙，别那么沮丧嘛。三四天后就会有更多的活儿了，所以有一阵子我们不会搬家啦。"

听到爸爸的话，詹妮感到如释重负，都忘了问爸爸怎么会完全猜透了她的心思呢。她感到喜悦如同汹涌而

来的潮水，从她的心底冒出来，冲走了她一脸的悲哀，
让她开心地踮起了脚尖。

现在，这一天似乎一下子有了特殊的意义，跟以前
所有的日子都不一样了。爸爸待在家里，但是以后还会
有更多的活儿干，他们暂时不用搬走了。因此，詹妮打
定主意不让这一天像平时一样度过。这一天必须跟平时
有所不同，必须值得让人记住它。她不耐烦地用手拂开
脸上的头发，蹙起眉头，专心致志地琢磨了起来。他们
能做点什么特殊的事情呢？她得快点想出来，不然妈妈
就会提议让爸爸干些活儿——无聊的活儿，但肯定是爸
爸也会觉得有必要干的活儿，比如整理柴火——这样一
来，一切就都毁了。

突然，詹妮的眉头舒展了，眼睛里闪现出一道光芒。
她看到了屋子里其他人都看不到的东西：斜柳、流淌的
河水、晃晃悠悠地站在纤细的芦苇上的红翼鸫，还有那
条河。它们正是这一天需要的东西。詹妮一想到这点，
荡漾在她心里的潮水几乎要倾泻而出了。

"我们去河边吧。"詹妮喊了起来,她发出的声音都轻微变调了,就像孔雀的尖叫声一样。

妈妈转过身看着她,两道眉毛气恼地皱了起来。"詹妮,如果你继续大喊大叫的话,我就得管一管你了。我真纳闷你这么小的身体怎么能发出那么大的声音。"

"好的,妈妈。"詹妮乖乖地回答道,坐到了墙角。不过,她那副神情看上去就像一只被迫闲坐在那里的小猎犬看着来串门的狗在啃自己的骨头一样急切。她应该再重申一遍自己刚才说过的话吗?妈妈是真的生气了,还是在小题大作而已?她拿那只煎锅干什么?现在她又割了一条腌猪肉!爸爸会开口吗?突然间,詹妮产生了一个不太确定的想法——爸爸一声不吭的原因只是想逗逗她!她朝爸爸一头扑了过去。

"你们要去河边,对不对?"詹妮喊了起来,这次妈妈只是笑了笑,尽管詹妮的声音和刚才一样尖锐。

"这还用问,我们当然去啊。那条河里应该有些'猫',我们可以抓上几条,否则我就不叫吉姆·拉金了。"爸爸终于开口了。

说到这里，或许有人想知道爸爸究竟在说什么，毕竟谁都知道，猫和河八竿子打不着，至少它们出现在同一幅画面的时候不多见。但是詹妮知道爸爸说的是什么。他说的是鲶鱼[1]，刚从河里抓到的鲶鱼被煎得又焦又酥时，真是太美味啦。妈妈也清楚爸爸说的是什么，她甚至知道他在想什么，所以她已经把煎锅和腌猪肉整整齐齐地塞进了一个纸袋里。

爸爸拿出钓鱼线，他们准备出门了。拉金一家决定走过去，河就在不到一英里的地方，他们得节省汽油。他们三个人并排走在一起，詹妮走在中间，就这样上路了。太阳火辣辣的，他们的脚下的沙土滚烫滚烫的，但是詹妮不关心这些事情。她的眼睛盯住那一排参差不齐的蓝绿色枝叶，那排枝叶标志着河的位置。那里生长着柳树，其中会有树荫、流淌的河水和无穷无尽的快乐，

---

[1] 鲶鱼在英文中写作 catfish（直译为"猫鱼"），因此爸爸会这么说。——译者注

詹妮一时间无法将快乐一一开列出来，但是她从骨子里就能感受到它们。每当看着青花盘的时候，她就会产生同样的感觉——就要有好事发生了。没准儿他们能钓到好多鱼！

距离拉金家不太远的地方，几头正在吃草的牛停止咀嚼，沿着三人旁边的刺网栅栏溜达起来。詹妮注意到它们的身体侧面很光滑红润，她不禁想知道，它们怎么能靠着心满意足地大嚼特嚼干燥的毛刺三叶草、芹叶太阳花和松鼠草，来把自己养得那么肥硕，并且还能一直保持下去。这些匍匐在地上的植物紧紧地贴着沙地，仿佛它们已经厌倦了在这贫瘠的土地上长出茎秆。但是牛似乎喜欢这样，尽管詹妮觉得不好。

令詹妮同样感到好奇的是，这个乡村的土地怎么会如此多样。这里既有牧场，又有荒凉的白沙地，在白沙地上，一团团的黑肉叶刺茎藜显得黑乎乎的。她向爸爸道出了内心的疑问。

"这是因为碱的缘故。有些地方的碱比其他地方多，有大量碱的地方都长不出植物，除了黑肉叶刺茎藜，似乎什么东西都不会影响这种植物的生长。整座河谷都是这么多样。"爸爸继续说道，"有些土地富饶而肥沃，有些土地碱性很大，没什么用。有些地方不好不坏，甜菜就长在这种地方，只要有水就行。可是棉花需要上好的土壤，它们只需要最好的东西。"

"除了人的问题。"拉金夫人插了一句，"在棉花田里干活儿的都是什么样的人似乎无关紧要，只要干活儿的人足够多就行。"

"嗨，妈妈，在所有的地方，还没有谁能比爸爸干得更出色呢。"詹妮一如既往地捍卫着爸爸的形象。

妈妈伸出手，轻轻地捏了捏詹妮的脖颈。"说得没错。"她平静地说道。

爸爸一句话也没有说，不过他显得很开心。

就在这时，一只长腿大野兔从一团黑肉叶刺茎藜背后跳了出来，又僵着身子蹦走了。

"好啦，我们还是快点走吧。"透过热浪，詹妮望眼欲穿地看着前面河边那一排令人心动的枝叶说道。

他们绕开沼泽，一点点、一步步地接近了柳树。终于，詹妮一家站在了宜人的柳树树荫下，清凉的河水在他们身旁静静地流淌着。

这一切太美好了，一时间，他们全都不知道该说些什么。突然，妈妈打破了沉默。

"河流在干旱之地。"妈妈引用了书里的一句话。詹妮心想，这句话真是恰如其分。

这些词汇听起来那么低沉安静，就像这条河一样。听到这些词汇，这个已经如此美丽的地方似乎愈加美丽了。詹妮一遍遍地在心里重复着这句话，她的嘴唇轻轻地念诵着这些词汇，她对妈妈的感激甚至超过了得到五美分硬币的那天。这更多的感激的缘由是：五美分已经花完了，而"河流在干旱之地"这句话将永远留在她的心里。她会永远守护着这句话，就像守护着那只青花盘一样。

一开始，坐在岸边就已经令詹妮心满意足了，她将脚趾蜷缩着插进冷冷的河泥里，倾听着寂静的世界。她稍稍仰起了头，透过绿油油的"窗棂"，她看得到头顶上淡蓝色的天空。就在这时，一只鹰在空中盘旋，就像一个小小的无主的影子在寻找着它的实物本体。詹妮又看了看四周，寻找着爸爸，她看到他在不远处专心致志地打量着柳枝。终于，爸爸向她走来，他的手里拿着一根长长的枝条。

"詹妮，这是你的钓鱼竿。看看你能不能在我之前先钓到鲶鱼。"

"我又没有鱼线，也没有诱饵什么的，怎么可能钓到鱼？"詹妮一边问，一边赶忙站了起来，一个箭步冲到爸爸跟前。

"悠着点。"说着他就大笑了起来，"我马上就会解决这个问题。"

爸爸说到做到。还没等詹妮反应过来，她就已经蜷缩在一棵老柳树的根部，把她的钓鱼竿笔直地举在自己面前，用一双急切的眼睛盯着一个特殊的地方，她希望那个地方就潜伏着一条鲶鱼。当然，过了很久都没有什么动静，詹妮不禁想起了那只鹰，它又飞去了哪里呢？她伸长脖子，寻找起了那只鹰。就在这时，钓鱼竿的另一头被狠狠地扯住了。詹妮没有尖叫，也没有做其他愚蠢的事情。以前她有过很多次钓鱼的经历了。她只是轻轻地扯了一下竿子，看一看那个东西有没有被鱼钩死死钩住。接着，她就往岸边退去。这是一条鲶鱼，而且还是一条相当有分量的鲶鱼。它没怎么抗争，一眨眼的工夫，詹妮就将它拖出了水面，让它结束了喘不上气的痛苦。詹妮钓到了第一条鱼！

接下来，拉金先生也钓到两条鱼，然后他宣布说，太阳已经太高了，不适合钓鱼了，就连鲶鱼都钓不到了。于是他们将钓鱼竿斜靠在一棵树上，在河里洗干净了鱼。爸爸将鱼剥了皮，剩下的工作都由詹妮来完成，她干得很不错。

然后就轮到拉金夫人了。她从纸袋里掏出煎锅，将腌猪肉放进锅里。拉金先生架起一小堆火，将煎锅放在火上，很快，鲶鱼就滋啦啦地响了起来，这让原本就饥肠辘辘的人变得更加饥饿了。终于，鲶鱼变成了金黄色，酥脆酥脆的，妈妈宣布它们可以吃了。詹妮等不到鲶鱼凉下来，就贪吃地抓起鱼，手指都被烫到了。

"吃得像样点。"当詹妮将一条六英寸长的烫乎乎的鱼，从一只手里丢到另一只手里时，拉金夫人平心静气地说了一句。

"我知道，可是我饿坏了。"詹妮说。

他们三个人围成一个紧密的圆圈坐在树下，一声不吭地吃着鱼。终于，最后一片鱼肉也被吃掉了，詹妮将一小把鱼骨头埋在了柳树的树根下，这样它们就不会被看见了。爸爸和妈妈在绿草如茵的岸边摊开身子，躺了下来。

"还有什么比这更惬意呢？"拉金先生并没有特别向谁提问，"我们的肠胃已经填饱了食物，口袋里有一点钱，还有一个家可以回去。我从来没有像喜欢这里一样喜欢一个地方。"

　　詹妮一直在潮湿的土地上画着图案，但是她全身紧张、专心致志地听着爸爸说的一字一句，既用耳朵听，也用心听。他要说他们会留在这个地方吗？她几乎不敢这样想，但是他为什么要说这些话呢？爸爸以前从来没有这么说过，至少没有在她面前说过。即使在风车附近的那天晚上，他也没有说过这样的话。爸爸沉默了一会儿，向着空中露出了茫然的笑容。詹妮一屁股坐在脚后跟上，两只手掌紧紧地压在大腿上。她知道爸爸在等着妈妈说些什么，可是妈妈没有开口。妈妈闭着眼睛，一声不吭地躺在那里，嘴角疲惫地耷拉着。终于，詹妮再也憋不住了。

　　"爸爸，你觉得我们有可能留下来吗？"

　　"怎么了？女儿，我估计我们会的。只要这里有活儿干，就这么简单。"

　　"可是，能干多长时间呢？"

　　"说不准。也许一个月，也许两个月。谁都说不准。"

　　詹妮缓缓地挪到一边，又坐了下来，两条腿盘在一

起，背对着爸爸。让他看到自己极度失望的样子没什么
用。有那么一瞬间，她愚蠢地让自己充满了希望。她真
不该这么糊涂。

詹妮的目光落在流淌的河水上，其实她并没有看着
河水，她的思绪又回到了自己身上。她心想，真奇怪，
一个叫"卢佩"的女孩和县里的一次集市，现在还有这
条河，竟然可以让一个人产生那么大的变化，就像让她
产生的变化一样。就在不久前，她还能坦然地接受每一
天的生活，对一切都感到心满意足，而现在，一切都不
一样了。现在她只想住在这里，她再也不是以前那个詹
妮了。一个地方接一个地方四处漂泊的生活，再也不会
令她感到开心或满足了。现在，她就想住在这里。

詹妮在那里坐了整整五分钟，她的心跳渐渐地缓和
了下来。她的失望为一种逆来顺受的感觉所取代。她想
明白了，为自己无能为力的事情沮丧、悲伤，并因此破
坏了这一天，实在是毫无益处。她回头瞟了一眼爸爸和
妈妈，他们已经睡着了。她缓缓地站起身，顺着河水的

流向走着，她就像一个小小的蓝色幽灵，悄无声息地走在柳树下。

就在她的前方，河水拐了个弯，召唤着她继续走下去。如果她沿着河流接着走，没准儿她会找到一座桥，那样她就能去河对岸看一看了。当然，公路上就有一座桥，但是那座桥远在泥沼的另一头，所以不算数。她来到拐弯处，绕过去之后真的看到了自己期待看到的景象。那儿有一座桥，一座老木桥。詹妮从河边爬上了一条连接着木桥的小灰土路，漫不经心地一路朝北面溜达着。木桥和小路看起来都不像经常有人走的样子。走到桥的中间时，詹妮停下了脚步，回头看着自己来时的路。

河水那么深，那么平静，几乎是悄无声息的，没有一丝涟漪破坏亮闪闪的河面。她想，它更像是一条很大的水渠，而不是一条河，真希望河水没那么深。通常，河水穿过布满岩石的河床时，发出的声响都会带给人一种激动而友好的感觉，就仿佛河流正试图向你讲述着什么。但是这条河不是那样的，它深深的、静悄悄的水流中似乎隐藏着一个秘密。詹妮很容易就说服自己，坚信这是一个好秘密。在她看来，在这样一个又热又干涸的乡下，除非是有最好的秘密，不然没有哪条河会把清凉的河水和柳树带到这里来。即使它那么沉默，那么神秘，詹妮也很喜欢它。在未来的日子里，无论身处何方，她都知道自己永远不会忘记这条圣华金河，也不会忘记自己站在圣华金河这座桥上的这一刻。她应该无法向任何人解释清楚自己为什么会产生这样的感觉，也不想试着想清楚这一切。她体会到了这种感觉，这就足够了。

在炎炎的烈日以及好奇心的驱使下，詹妮终于走到了桥的另一端，她光着的两只脚踩在布满尘土的木板上悄无声息。她沿着一丛柳树附近隐约可见的小径走着，突然，她停了下来。

詹妮吃惊地发现，自己径直走进了别人家的前院。这个院子太大了，三棵如同橡树一样巨大的柳树在院子里撒下一片阴凉。院子的一侧有一座凌乱的低矮平房，久经风吹雨打的白色涂料和下垂的绿色百叶窗，

都清楚地显示出这座房子已经有些年头了。在宽敞的院子的另一头——距那座房子有一段距离的地方，有一座大大的谷仓慵懒地趴在一棵梧桐树的树荫下。詹妮看不到一个人影，除了蝉鸣，没有一丝声响打破这正午时分的沉寂。她感觉自己仿佛走进了一幅画里，不过这幅画熟悉得令她感到奇怪。是什么东西让她觉得自己曾经来过这里？这儿的一切都如同《睡美人》里的城堡一样沉静，但是她的出现显然正是能够打破魔咒的那股力量。因为，随即便从房子那边传来了一声吠叫，一条黑白相间的牧羊犬突然出现。它之前正在房子门前的台阶上午睡，这会儿醒了过来，冲着詹妮叫唤起来。

　　突然冒出的声响把詹妮吓了一跳，不过她稳住自己，毫不畏缩地盯着那条渐渐逼近的狗。它径直朝陌生人走过来，一边挪动脚步，一边发出低沉的吼声，那声音听上去就像是不断回响的雷鸣声。尽管如此，詹妮还是注意到它那条毛茸茸的尾巴飞快地左右摇摆着，它的耳朵竖了起来，欢快地跳跃着把前爪向前一甩。还没等它靠近，詹妮就知道自己不用害怕它。

很显然，这条狗是在对房子或者谷仓里的人说："有陌生人来了，你得知道这件事情，不过只是一个看起来没有威胁的小姑娘而已。"

就像是对这条消息作出了回应似的，谷仓的一扇门打开了，一个男人走了出来。他飞快地朝四下里张望了一下，看到詹妮站在桥的跟前，狗正在她的周围嗅来嗅去，于是他赶紧朝詹妮走了过来。詹妮的注意力全都集中在狗的身上，直到那个男人距离她只有几英尺远的时候，她才意识到有人走过来了。她一下子就看到了邦斯·雷伯恩那双鬼鬼祟祟的眼睛。

"你来这儿干什么？"邦斯粗声粗气地质问道。

"不干什么。"詹妮客客气气地咧嘴笑了笑，想起了书中的一个词语，"我只是'窥探'一下这个地方。"

在邦斯听来，"窥探"这个词只意味着一件事情。

"所以你承认你在刺探情况喽？"

詹妮点了点头，她绝对没有想到邦斯指的是不好的

事情。

"嗯，在你还没找到鸡舍前，'危险'[1]就先发现了你，这可真是好事。现在，离开这个地方，离它远点，如果你还知道好歹的话。我们可不希望有人在这里窥探。"

詹妮终于明白邦斯的意思了。他以为她是个窃贼，是那种会偷偷溜进关着鸡仔的笼子，看到什么就偷什么的人。还从来没有人说过她是贼呢，一时间，詹妮震惊得连愤怒都感觉不到了。但是这种状况只持续了片刻，随即她的拳头就在身体两侧握紧了。怒火让她的后背也挺直了，在接下来的半分钟里，她似乎长高了几英寸。邦斯立即躲开了她愤怒的目光。

"你竟敢说我是贼！"詹妮说道，她一下子哽咽住了，"你竟敢！"

看到詹妮勃然大怒，那个男人只是觉得有趣，他咧开嘴笑了起来。"别装了，你听到我的话了！白痴！"

这太过分了。在毫无征兆的情况下，光着两只脚、

---

[1]"危险"在这里指的是狗的名字。——编者注

身材瘦小的詹妮，竟然在盛怒之下突然变成了一团愤怒的小风暴。她一头扑向邦斯，将他乱捶了一通，用她光光的脚指头踹着他。"危险"绕着他们转圈，拼命地叫唤着。突然而来的袭击令邦斯大吃一惊，他朝后退了一两步。但很快他就稳住了脚跟，抓住詹妮的两只手腕，伸长胳膊死死地将她握紧。詹妮感到很疼，却只能无助地扭动着身子。

就在这时，一个新的声音让危险安静了下来，那个声音平静地问道："这里出什么事了？"

邦斯松开了詹妮的手腕，就好像那两只手腕很烫手似的。詹妮将头发捋到后面，两只手抚弄着工装裤的两侧。她打量着新冒出来的那个人，眼睛里燃烧着怒火，但是没有一滴眼泪。她看到一个身材高挑、肩膀宽阔的男人，对方或许比她爸爸要稍微年长一些。那个人留着一撇精心修剪过的灰色胡子，那双棕色的眼睛先是看了看邦斯，然后又转向詹妮。他的目光中带有某种疑问，就好像在眼睛深处闪烁着。

"这里出什么事了？"他又问了一遍。

"这个棉花地里的废物在这里游荡，想看一看有没有什么可以偷的。我叫她滚蛋，结果她就大发脾气。"

"我不是贼。"詹妮反驳道，"只要有人说我是贼，我就会打他，就连你也不行。"她毫不畏惧地对新出现的那个人说道。

"我不怪你。"那个人和善地说，"谁都不愿意被别人叫做'贼'。你住在哪里？"

詹妮粗略地指着西边，说："就在那里。"她想知道这个男人怎么会凭空冒了出来。突然，她注意到树荫下站着一匹马，那匹马淌着汗，背上安放着马鞍，缰绳耷拉在地上。她估计，这个男人肯定是在她扑向邦斯时，骑着马赶了过来。

"你一个人上这儿来的？"那个男人问道。

"不是的。"詹妮摇了摇头，"爸爸和妈妈在河岸边睡觉呢。我们来钓鱼了，我最先钓到了一条。"

听到这里，陌生人露出了笑容。

"你叫什么？"

"詹妮·拉金。您呢？"

"安德森。尼尔斯·安德森。"

"啊！"詹妮惊喜地说，"那您就是……"

不过她没有把话说出来。出于某种她自己也无法解释的原因，她正好瞟了一眼邦斯，他的眼神让她收住了嘴，令她的脊背感到一阵战栗。她曾经看到过这种丑陋的眼神，就在爸爸向他要房租支付收据时的那个晚上。

"你刚才要说什么？"安德森先生催促道。

"我只是想说，这一带所有土地都是您的吧。"詹妮把话说完了，她又瞟了一眼邦斯，刚好瞥见他咧开大嘴笑。邦斯显然不希望安德森先生知道，詹妮现在就住在他的房子里。詹妮想知道为什么邦斯会这样，但同时，她也像邦斯一样，打定主意不让安德森先生知道这件事。他们已经被允许住在那里，她不会冒任何风险去破坏它。尽管她喜欢这位安德森先生，讨厌邦斯，但她还是会遵照邦斯的指示，否则风险就太大了。

　　不得不对安德森先生有所隐瞒的事实，同时也令詹妮感到痛恨。安德森先生似乎愿意相信她的话，她不能对他回以同样的信任，实在是太卑鄙了。她的本能驱使着她说出实话，可是她感觉得到邦斯·雷伯恩正盯着她呢，而眼下正是他掌握着她的命运。她清楚，只要多说一个字，他就会叫他们一家收拾行李离开这里。她不能冒这个险。

　　就在詹妮琢磨这一切的时候，两个男人也在仔仔细细地打量着她，好像他们在考虑，该如何处置这个瘦小的女孩。但是詹妮毫不介意他们审视的目光，她只是单膝跪下来，朝那条狗打着响指。既然大家已经知道来了陌生人，而且主人也在身边，这让"危险"感到放心了。它慢吞吞地走到詹妮跟前，耳朵贴到了后面，尾巴垂了下来，完全是一副充满歉意的姿态，甚至显得有些低声下气，这副模样同它原先的样子形成了鲜明的对比。当它严肃地坐下来，伸出爪子的时候，詹妮哈哈大笑了起来，宽容地握了握它的爪子。

"您为什么管它叫'危险'呢？"

詹妮使劲儿仰起头才看到安德森先生的脸，这让她尖削的下巴看起来比平时更小巧了，她的眼睛因为冲着阳光而眯缝起来，但是依然充满了笑意，还流露出一种有些顽皮的神色。

"我们叫它'危险'，是因为它一点也不危险。"这个回答令詹妮吃了一惊，"它是我们的好朋友，而且很有判断力。詹妮，你似乎很善于跟狗打交道，你养狗了吗？"

詹妮低下头，说道："没有。"突然，她产生了一种冲动，"不过我们有一只青花盘，它差不多可以代替狗、布娃娃，嗯……还有很多东西。"

詹妮又抬起头害羞地看着安德森先生，她想知道安德森先生是否明白她在说什么，还是他把这些话当成一个小女孩的傻话，并对这些傻话感到好笑。可让詹妮感到奇怪的是，安德森先生看上去非常严肃，就好像他正在听大人说话似的。詹妮觉得自己受到了鼓励，继续说道：

"盘子原先是我曾外祖母的母亲的，上面有一幅画，画里有一座桥、一棵柳树和三个人，还有其他一些东西。"

詹妮突然停住了。她站起身，飞快地看了一下四周。她终于明白为什么这个地方显得那么熟悉了。这里就跟青花盘上的景象一模一样——哦，几乎是一模一样的。那座桥、柳树、房子，甚至是那里站着的三个人。当然，这里的桥不是拱桥，这里的房子也不是中式房子，这里的三个人也跟故事里的那三个人不太一样，不过不难把邦斯想象成那个残酷的父亲。尽管如此，这一切还是跟青花盘太像了，让詹妮情不自禁地想到，是不是神话故事变成了现实。最起码，她可以认为这是一个好兆头。她听说过类似的事情。有一点她可以肯定：安德森先生家的前院就像青花盘一样令她感到熟悉。一时间她有些糊涂了，说不出自己先见到的究竟是盘子，还是这个院子。

突然，詹妮意识到那两个男人正在交谈着，他们说的是她的事情。于是她强忍着自己的兴奋，专注地听他们在说些什么。

安德森先生正在说："我想我们应当补偿一下詹妮，因为我们伤了她的心。"他的眼睛里闪现出一丝再明白不过的光芒，"詹妮，如果邦斯给你一个纸袋，陪着你去鸡舍，然后让你挑上一打鸡蛋带回家，你的心里会不会舒服一些？"

詹妮将这个提议仔细斟酌了一番。有鸡蛋当然很不错，这可是一份大礼。不过，正是邦斯说她是小偷，他很有可能依然认为她是个小偷。她不想从他手里接受任何东西，哪怕其实是另外一个人给的也不行。可是，安德森先生是出于一片好心，况且她和爸爸妈妈已经很久没有吃过鸡蛋了。

"好的。"詹妮终于作出了回答，她骄傲地昂着头，有些愤怒地看着安德森先生，"我接受鸡蛋，但是，如果您能告诉我鸡舍在哪里，我更希望自己一个人过去。"

邦斯粗鲁地窃笑了起来。"小丫头，你可别抱太大的希望，袋子可不太大哦。"

"这种话别再说了。"安德森先生厉声喝道，他的表情既肃穆又严厉，"邦斯，你对牛群的了解远远超过了你对人的了解。这个孩子的出身有着你丝毫无法理解的地方，让她自己去吧。再见了，詹妮。"他突然结束了谈话，在詹妮还没来得及对他说声谢谢时就走掉了。

就这样，詹妮将附近"窥探"了一番，然后便回到爸爸妈妈身边了。她没有像书里写的那样带回葡萄或者石榴，但是她带回了一打泛着奶油色的新鲜鸡蛋。而且在回家之前，他们又钓到了五条鲶鱼。

这天晚上，在上床之前，詹妮先看了一眼青花盘。不知道为什么，这只盘子比以前任何时候都更美好，也远比以前更珍贵了。没过多久，詹妮就躺在了自己那张临时凑合的床上。她在门外看到一束微弱的光穿过漆黑的天穹，那道光让她想起了那只就像没有方向的影子般的鹰。那是一颗迷失了方向的星星吗？可是，任何一个迷失方向的物体都不会像这道光一样有目的性地移动。詹妮知道，那其实是一架向北飞去的客机。飞机穿过群星，然后便消失在了詹妮的视线中，留下她一个人回想着这一天的经历。她比之前更想留在这里了，不仅仅是因为卢佩，虽然来自她的友谊仍然很重要。自从发现安德森的前院后，詹妮的心就被一种确切和令人激动的信念所占据。由于这次陌生的拜访，留在这个地方已经不只是她的一个愿望了，而已经成了她的责任。因为，毫无疑问的是，詹妮知道青花盘属于这里。

CAMP MILLER SCHOOL

五 米勒营地小学

　　詹妮和爸爸正在开车去往棉花田的路上。爸爸要去上班，詹妮要去上学。现在已经是十月了，太阳依然那么明亮、暖和，但是已经不像一个月前那么火辣了。山峦露出青色的轮廓，仿佛是对河谷里变得舒服一些的天气作出的回报。野向日葵将明亮的脸庞转向了东方，偶

尔有沙尘暴欢快地在平原上一路盘旋着呼啸而过。但是
詹妮蜷缩在破烂的前座的角落里，闷闷不乐地漠视着周
身的世界。她的嘴角耷拉着，下嘴唇几乎嚓了出来，眼
睛里冒着阴沉的怒火。她不爱上学，至少这所学校令她
极不开心。要是她被送去镇上的学校，就是卢佩和这个
地区其他孩子去的那所学校就好了！也就是说，如果他
们属于这个地区，她就可以去。詹妮非常清楚自己也可
以去，没有法律禁止她去那儿上学。可是，在有些地方
她是不会受欢迎的，这也是一个事实。爸爸也清楚这一
点，因此为詹妮立下了他自己的规矩。

詹妮向爸爸提出抗议时，爸爸曾说："我们就跟自己
人待在一起。营地学校就是为我们开办的，那我们就去
这样的学校，并且得心存感激。况且，只要有学习的决心，
在哪里上学都一样。"

当时詹妮没有继续和爸爸争执下去，今天她也不想
这么做。她知道去"正规"学校上学再也不会让她感到
满足了，她并不会因此属于这个地方。自从她产生了留

在这里的愿望以来，进入当地的学校就再也无法完全满足她了。詹妮需要的是自己属于这个地方，去当地的学校是因为她是这里的一份子，她有权去那样的学校读书。现在，营地学校每天都会迫使她面对自己不属于这个地方的事实，所以上学令她感到恐惧。

她知道营地学校是什么样子的——没有哪两个孩子会学到同样的东西，那里就是一个大杂烩。在有些课上，詹妮会发现自己学得比同龄的大部分孩子都超前，于是其他人自然而然地认为她也知道那些她根本没机会学习的知识。在大部分时间里，她都不知道自己该何去何从，她总是要面对没完没了的问题，还有许多十分烦人的大惊小怪。

此外，她去学校的时间太早了，学校还没开课，所以只能在附近等着，直到开始上课。她完全可以要求爸爸带她去棉花田，如果她觉得这样有用的话。但根据以往的经历，她知道这样没什么用。她从来没有得到过在田里干活儿的机会。其他孩子会在田里干活儿，有时候妈妈也会去，可是詹妮从来没有过这样的经历。对于大多数事情，爸爸都很随和，可是在这个问题上，他的态度很坚决。所以，当爸爸的老破车在路上一上一下地颠簸时，詹妮就一直皱着眉头坐在座位上。她几乎有些可怜自己。

即使爸爸懒得指给她看，但只要学校一出现在视野里，她就能立即辨认出来。她已经见过很多营地学校了，它们看上去全都是一个样子。有一些比较新，有一些比较旧，这就是它们唯一的区别。这一所就比较新。它是一座高大的四方形建筑，没有经过粉刷的木板在明亮的阳光下闪闪发光。校舍前方有一根也没有刷过油漆的旗杆，旗杆直指清晨的天空。然而旗杆上还没有挂上国旗，所以詹妮确定上课的时间还没到。爸爸在校舍门前的台阶跟前让詹妮下了车，然后将车停到了一排车的旁边，那排车看上去都像是从同一堆垃圾里挖出来的。詹妮坐下来开始等待，她的旁边放着一袋午餐。

詹妮的对面是一排接一排的小木屋，这些房子就是

棉工营地。这些只有一个房间的小棚子紧紧地贴在一起，屋檐几乎都连住了。看着这些房子，詹妮庆幸自己和家人能住在单独一座的小棚屋里，屋子周围还有那么开阔的空地。当然，这些营地里的房子四周也有很多土地，可是这些房子全都最大限度地挤在一起，以免占用棉花田。深绿色的棉田朝四面八方延伸，一眼望去，几乎看不到尽头。在一丛丛绿色植株的中间，零星点缀着一些清晰的白点，那些白点就是棉桃裂开后释放出的松软的棉花纤维，工人们必须用手将棉花从棉桃上摘下来。这样的白色小棉花团有成千上万个，或许有千百万个，每天要有很多双手干上很多个钟头才能采摘完成熟的棉花。所以，这个地方会有一个由很多小棚子组成的村庄，附近还有一所校舍。一到采棉花的季节，就会有数百人在这里生活，在这里干活儿，直到所有的棉花都被采摘完毕。然后采摘工们就会把自己的家当装上车，带着孩子去往这个国家的其他地方——那些需要他们的双手和头脑的地方。

坐在校舍门前的台阶上时，詹妮当然没有想这么多。这就是她生活的一部分，她不会费神去琢磨它，就像她不会费神去琢磨她将新鲜空气吸入肺里的呼吸过程一样。

一个穿着蓝色工装裤的忧伤身影就这样坐了大概有十分钟。突然，詹妮看到面前的尘土中有什么东西动了一下，只是很轻微地动了一下，一开始她还以为自己的眼睛花了。但是随即尘土又被搅动起来，她一下子从校舍前的台阶上蹦了起来。她趴在地上，一只胳膊伸到自己的前面。她缓缓地将胳膊收了回来，手紧紧地攥着，然后她站了起来。詹妮从头到脚都粘了一层细细的尘土，不过她并不在意。她甚至没有停下来拍掉身上的尘土，而是慢慢地张开手指，眼睛凑到手跟前，透过张开的手指看着手心里的东西。她的脸上露出灿烂的笑容，手掌的暗影里有一只小小的角蟾。它恶狠狠地瞪着詹妮，黑黝黝、亮闪闪的眼睛如针头那么大，没有下颌的嘴巴紧绷着。不过詹妮没有惊慌，她以前捉到过很多角蟾，知道它们尽管有着愤怒的表情和带刺的表皮，但其实是十

分无害的生物。詹妮又慢慢地在校舍前的台阶上坐了下
来，仔细打量着这个俘虏。在大多数人看来，这个东西
一点也不好看，可是它似乎能给詹妮带来快乐。它的四
只小脚丫和小小的爪子太完美了，从勾勒出下颌位置的
细微的边缘到短尾巴末梢上最后一根小刺，都那么完整，
毫无缺陷。詹妮一眼就爱上了它，好奇地用手指抚弄着
它坚硬的小脑袋。

突然，她的心里冒出一个念头，她可以用这只角蟾
试探一下新老师。在以前待过的每一所学校里，当她碰
巧提到"角蟾"的时候，总有人一本正经地向她保证，
她应该叫它们角蜥，因为它们并不是真正意义上的蟾蜍。
詹妮总能欣然接受它们严格来说不是角蟾的事实，但是
用别的名字称呼它们是不可能的事情。当你说出"角蜥"
时，你就把一只完美的角蟾变成了一种一点也不迷人的
新动物了。她十分反感别人将她的新宠物称作角蜥，如
果新老师这么做了，那詹妮对她身为人类的敬意就荡然
无存了。她觉得那样一来，老师就像是在说"It is I"，

而不是说"It's me"。如果你选择了前一种说法，那你说的是正确的，可你就不再是朋友了[1]。詹妮决定试一试这位新老师究竟是可以当朋友，还是会选择正确的说法。

詹妮和角蟾没有等太长时间。她刚刚拍掉身上的尘土，一辆满是灰尘的小轿车就慢慢地停到了校舍投下的阴影里，一个胖乎乎、笑呵呵的女人从车里钻了出来。詹妮觉得有希望了。

"你好。"那个女人喊了一声，"你不是一个'十点上学的学生'[2]吧，是不是？"

詹妮感到更有希望了，她站起身，朝陌生人走了过去，这个人无疑就是她的老师。还没问你叫什么名字就冲你抛出一句"鹅妈妈"的人，怎么会把角蟾叫作角蜥呢。

---

[1] 从语法上而言，"It is I"是正确的，但是在现代口语中"It's me"更常见，不过在莎士比亚时代"It's I"也是口语中常见的用法，因此作者在此处的意思是"It's I"是正规用法，同"角蜥"这个正式学名一样。——译者注

[2] "十点上学的学生"来自英国的《鹅妈妈童谣》中的一首，大意是说："迪勒，到了，十点上学的学生！你来得可真早啊！以前你总是十点就来上学，可如今直到中午你才来。"现在"十点上学的学生"经常用来指迟到的学生。因此，老师这句话的意思是詹妮来得早了。——译者注

不仅如此，如果你的阅读比较好，算术比较差，这种人也知道该拿你怎么办。突然，这一天的气氛彻底改变了。不过，最终的考验还没开始呢。

"你瞧。"詹妮一边说，一边给她看自己的俘虏。

"噢，天哪！"那个女人兴高采烈地说道，她俯下身子凑到詹妮的手跟前。"角蟾！你捉到的？"

詹妮点了点头，一时间她开心得说不出话来。不过，随即她便说道："可是我还没有给它取名字呢。"

"可不能不给它取名字就放走它，我们一起想想吧。"那个女人想了一会儿，然后她说，"我想到了，就叫它'法夫纳'[1]吧。在巨人统治人间的时候，它可是最厉害的龙。这个家伙看起来很像一条龙，一条神话里的龙。你喜欢'法夫纳'这个名字吗？"

詹妮点了点头。

老师轻轻地笑了起来。"对于这么重要的事情，我觉

---

[1] 法夫纳是北欧神话中一条居住在地下、看守财宝的巨龙，后来被英雄锡格尔德杀死了。——译者注

得正确的做法应该是让这只角蟾自己来决定。不过从它的表情来看，它还不太想和我们说话。"

老师看着詹妮，那双眼睛看上去既开心又坦率。一双值得信任的眼睛，眼睛里深深地埋藏着友善的秘密。

"我是彼得森小姐。"她说。

"我是詹妮·拉金。"

一只结实的手臂搂住了詹妮单薄的双肩，一刹那，她感到自己紧紧地贴在了彼得森小姐暖融融、软绵绵的身子上。

"詹妮，欢迎来到米勒营地小学。进来吧，我们一起开始今天的学习。"

没有提问，没有大惊小怪，只说了一句"进来吧"，仿佛她从一开始就认识你似的。詹妮轻轻地用胳膊揽在彼得森小姐丰满的腰上，她们一起走进了教室。这个小女孩踮着脚走路，这让她的老师暗自发笑。如果彼得森小姐知道这奇怪的行为是由于她自己，她可能会大吃一惊。因为令詹妮感到激动的是，她确信就在这个早晨，

自己独自一人意外地发现了全世界最棒的老师。这足以
让任何人欢欣雀跃地踮起脚来！就在几分钟前，詹妮还
一直觉得自己很可怜，其实法夫纳和彼得森小姐一直就
在那里。就连卢佩去上"正规"学校也不可能如此幸运！

　　在接下来的半个钟头里，詹妮一直帮着彼得森小姐
为当天的教学工作做准备。她擦干净了黑板，将桌椅板
凳摆得整整齐齐的。窗台上的花盆里盛开着几朵粉红色
的矮牵牛花。詹妮用门外立管里的水浇了浇它们，又摘
掉了枯萎的花朵。她的手指变得黏糊糊的，她不得不回
到水管前洗了洗手。很快，男孩女孩们就陆陆续续来上
学了。上学时间是九点钟，这时，一个男孩拿着一面旗
出去走到没有刷漆的旗杆前，将国旗结结实实地系在了
旗杆的绳子上。全校师生在院子里集合起来，立正站好。
国旗缓缓地升向清晨的天空，最后停在了旗杆的顶端，
星条旗在学校和营地的上空展开了。小小的典礼结束了，
他们都成群结队地去教室上课了。

　　早上的时间一点点过去，如果说有一丝可能的话，

詹妮对彼得森小姐的敬意是愈加深重的。因为学生们都挤在长凳上，也因为他们的脚都挨不到地板，詹妮留意到彼得森小姐会确保孩子们有时间四处走走，休息一下。每天都让两三个孩子讲讲他们在这个国家各地周游时所发现的最有趣的地方，似乎成了这里的一种惯例。这天上午，詹妮听着其他孩子的讲述，她决定轮到自己的时候，要给大家讲一讲她那天在河边发现的地方，那个就像青花盘上的画一样的地方。

就在一个孩子讲述的过程中，教室外面突然传来了一阵骚动，一辆罩着盖布的卡车停在了门前。一看到卡车，彼得森小姐的脸上似乎瞬间就露出了喜悦的神色。她叫正在讲述自己经历的那个男孩停下来，然后告诉全体同学："这是我们的幸运日，图书馆的人来啦。"尽管她的声音听起来好像这是一桩天大的好事，但没有一个男孩或女孩露出感兴趣的神色。其实这并不奇怪，毕竟谁都不知道"图书馆的人"究竟是什么人。

两个女人走进教室，彼得森小姐跟她们握了握手。

詹妮好奇地打量着她们，突然产生了一种奇怪的感觉，其中一个女人她以前见过。可是，这是不可能的啊。在这一带，除了罗梅洛一家人，她谁也不认识。当然了，还有邦斯·雷伯恩和安德森先生。可是，其中一张面孔她那么熟悉，叫人无法忘记，萦绕心头。彼得森小姐转身面向全体学生。

"亚当斯小姐和格雷小姐给我们带来了一些图书。"她宣布道，"我去挑书的时候，大家可以休息一下。"

孩子们立即扭着身子从长凳上跳下来，陆陆续续走出了教室，他们好奇的眼睛一个劲儿地盯着新来的人。就在这时，詹妮终于想起来自己在哪儿见过那张面孔了。亚当斯小姐就是集市上守着"小书屋"的人，那个堆满了儿童读物的小书屋！她把书给他们送来了。詹妮兴奋地想知道，这些书是否就像集市上的那些书一样新崭崭、亮闪闪的。

在教室外面，男孩们围在卡车周围，他们的目光充满了毫不掩饰的羡慕之情。这正是那种可以让你坐在里面周游各地的车，里面很宽敞。詹妮对这辆卡车没什么兴趣，但是她也在附近转悠着，希望看一看她们会从车上取下什么样的书。她几乎等不到图书馆的人离开，就心急火燎地想要看一看，她们会留给他们什么样的书。

可是在亚当斯小姐和格雷小姐终于离开后，詹妮巨大的希望一下子破灭了。这些书又旧又破，里面的一些插画已经被撕掉了。不过随便翻一翻，她就发现书里的故事都很不错。她认出其中很多书名自己都在集市上看到过，其实它们曾经都是崭新的。詹妮拿起一本《亚瑟王》，回到了自己的座位上。翻开破损的封面时，詹妮努力让自己去回想，起初这本书也是又新又闪亮的。接着她便读起来，全然忘了一切，只记得展现在字里行间的辉煌壮丽的画面。

米勒营地小学比大多数学校放学的时间都早一些，因为孩子们要去田里干活儿。这天放学时，大家又来到旗杆前，降下了国旗。不知道为什么，国旗被收好后，整座学校都显得有些黯淡了。詹妮走进一块棉花地，放走了"法夫纳"。这个小俘虏已经度过了刺激的一天，继续扣留它就太残忍了。况且，角蟾的数量很多，她几乎随时都能捉到另一只"法夫纳"。随后詹妮在阴凉地里蜷起身子，后背靠着校舍的墙壁，就这样等待爸爸的到来。她知道自己得等上很长时间，不过现在她不在乎这个问题了。彼得森小姐允许她将《亚瑟王》留在身边，直到明天。

爸爸低头冲着詹妮咧嘴笑了一会儿，詹妮才意识到他来了。她仰起头，吃惊地发现站在自己面前的是爸爸，而不是一位身披铠甲的骑士。

"你可以暂时放下那本书，跟我坐车回家吗？"他问道。

詹妮没有吭声，她恍恍惚惚地站了起来，神色那么平静，举止那么庄重。《亚瑟王》施加在她身上的魔咒还没有消失，她的动作很轻微，以免打破咒语。就在这一刻，这个站在棉花地边缘、身着蓝色工装裤的小女孩变成了桂妮维亚夫人 [1]，而她身旁的那个男人，无疑是最高贵的

[1] 桂妮维亚是亚瑟王的妻子，后来成为王后。——译者注

骑士。

但是当他们来到停车场，看到那一排停在那里的车时，詹妮又变回了自己。想象桂妮维亚夫人爬进机动汽车这一幕，甚至超出了她的想象力。

"真希望我们回到古代，在那个年代，可爱的淑女都住在城堡里，勇敢的骑士们身穿锃亮的铠甲守在周围保卫她们。"詹妮发表着自己的观点，这时爸爸已经把车倒了出来。

"嗯，在我看来，你就像一位漂亮可爱的淑女，哪怕你并没有住在城堡里。但凡有必要，我都会心甘情愿地保卫你。"爸爸回答道。

詹妮看上去有些心烦。"没错，我知道，可是我说的并不是这个意思。在那个年代，一切都是冒险，你只能勇敢，否则你就完蛋了。"

在詹妮说完后，爸爸沉默了很久。詹妮瞟了他一眼，结果吃惊地看到爸爸一脸严肃的表情，他调侃的笑容消失得无影无踪了。她说错什么了吗？詹妮有些忐忑不安地等着爸爸开口。

爸爸的两只手紧紧地握着方向盘，眼睛直视着前方。终于，他清了清喉咙，开口了。

"詹妮，总有一天，或许当你长大后，你会意识到自己在这五年里度过的每一天都是一场冒险。你也知道，冒险就是意料之外的事情，你也不太清楚它会变成什么样子。有时候，其中还夹杂着一些危险。究竟是发生在一千年前，还是发生在此时此刻，并不重要。它仍旧是一场冒险。未来的每一天对我们来说都是一场冒险，因为我们并不知道它会带来什么，它可能是危险的。也许我说得不对，不过我有预感，想要不失控地去过这样的生活，与穿上铠甲出去和那些对你怀恨在心的人战斗所需要的勇气一样多。"

詹妮专心致志地听着，仔细斟酌着爸爸所说的一字一句，不过她发现这些话太令人费解了。她难以在他们过的这种生活中看到冒险的色彩，对于冒险这件事情，她有着截然不同的理解。她用仔细审视的目光看着爸爸，

想要在他那张被太阳晒黑的、布满皱纹的脸上找到英雄的神色，可是她没能找到。那是一张和善的脸，对她来说，也是世上最亲爱的一张脸。尽管她全心全意地维护着爸爸，可是她不得不承认，戴上头盔、穿上铠甲的爸爸看上去肯定会很古怪，而不是高贵。

想象他是一个勇敢的人，也是一件费力的事情。但她觉得他应该很勇敢，因为他刚刚说过，想要不失控地去过这样的生活，是需要勇气的。当然，爸爸并没有失控。当车子像往常一样又坏掉时，他只是一声不吭地把车修理好；在地里干了一整天活儿，到家后他绝不会因为劳累而不逗她开心。可是，这真的就是勇敢的表现吗？詹妮很难认同这种说法。不过，爸爸差不多就是这么说的，他不会说错的。

突然，詹妮产生了一个奇怪的念头。哎呀，那么说来，她和妈妈也一定是勇敢的，因为他们过着同样的生活。问题解决了，归根到底爸爸还是错了。她认定自己无论拥有什么样的品质，勇敢绝对不在其中。而且，她也怀疑妈妈是否真的勇敢。爸爸？也许吧。可是她和妈妈绝对不是这样的。爸爸说的究竟是什么意思呢？这世上难道不是只有一种勇气？詹妮考虑了一会儿这种可能性，不过随即又觉得这个问题太令人费解了。

"我估计，长大后我才能理解这个问题。"詹妮宽慰着自己。爸爸叫詹妮给他讲讲这一天学校里发生的事情，詹妮感到如释重负。在剩下的一段路上，"法夫纳"和彼得森小姐占据了所有的话题。

THE CONTEST
六 摘棉花大赛

　　尽管才刚刚早上六点，拉金家的小棚屋里就开始忙碌起来。大部分动静都是詹妮制造的，她不停地跑出去，看一看天空，然后再跑进屋，告诉爸爸妈妈："空中看不到一朵巴掌大的云，根本不会下雨的。真开心，真开心，下雨会把一切都给毁了。"

"你最好冷静一点，把早饭吃了，不然我们就没法按时跟爸爸一起出门了。"拉金夫人提醒詹妮。詹妮终于在桌前安静了一会儿，吃完了自己那份煎腌肉和玉米面包。

詹妮有充分的理由如此兴奋，这一天要举行沃斯科县摘棉花大赛了。所有参赛选手都有一天内超过三百磅棉花的采摘记录，他们要在摘棉花比赛中相互竞争前几名。拉金先生和其他七十五名选手有参赛资格，他们要在七点到达棉花地，开始长达九个小时的艰苦工作，借以赢得一笔现金奖励。这笔奖金值得这样的付出。如果夺得冠军，你就可以拿到一百二十五美元，除此之外，还会根据你的实际采摘量，按照每一百磅九十美分的基本价格来支付薪水。如果是亚军的话，你能得到七十五美元，第三名可以拿到五十美元。第四、第五和第六名的奖金都比较少，不过詹妮都懒得去考虑这些名次，爸爸最差也会是第三名。假如他成了冠军呢？他们差不多就算发财啦。詹妮含着满嘴的玉米面包，停下来琢磨起了一百二十五美元能给他们带来些什么东西。出现在她

脑海里的美景太诱人了，以至于如果拉金夫人不刺激
她，叫她赶紧吃早饭的话，整个上午她或许都会一直
坐在那里。

在马路对面，罗梅洛家也亮着灯。每一个参赛选手
都可以带一个帮工，或者说是助手，拉金先生邀请曼纽
尔·罗梅洛来协助他。他们两个人已经商量好了，只要
拉金先生赢得前三名中的任何一个名次，曼纽尔就会得
到十美元的报酬；如果拉金先生得到第四、第五或者第
六名，他可以得到五美元；如果拉金先生什么也没有得
到，那么他也拿不到一分钱。曼纽尔非常乐意跟这位邻
居大胆尝试一下，两个家庭合二为一去参加这场比赛。
在詹妮看来，这是他们碰到过的最激动人心的事情。爸
爸还从来没有参加过这样的比赛，她几乎已经无法承受
对比赛结果的担心了。

就在他们走出门的时候，詹妮突然停下脚步，大喊
了一声："噢，爸爸，要是你什么也赢不了呢？"

在此之前，她一直不曾认真地考虑过这种可能性。

可是，现在已经到开始比赛的时候了，这个不祥的念头突然钻进了她的心里，尽管她竭尽所能排斥着这个念头。

"要是你什么也赢不了呢？"她又问了一遍。

"嗯，如果这样的话，我也会得到这一天的工资，而且按照我采摘的速度，报酬不会是一笔小钱。"

詹妮咯咯地笑了起来，她的心里立刻舒服多了。有时候，爸爸说话就是这么好笑。他当然会赢的，很有可能还会是第一名。她太愚蠢了，居然认为还有其他可能，哪怕这个念头只是一闪而过，她也太愚蠢了。

但是当她和卢佩走到田边，看到采摘工们已经散开，等着发令枪响，她又感到了一丝疑虑。七十六个人站在那里，每个人都面朝着一排闪闪发光的棉花。爸爸和其他人的腰上都缠着长长的、采摘用的麻布袋，口袋在他们身后拖了几英尺长。不知道为什么，爸爸看上去跟其他人都太相似了，一点也没有沃斯科县最佳采摘工的模样。不过，其他人也都如此，他们看起来都极其普通，那片广阔的棉花地使他们的身材都显得有些矮小。但是，

在这天早上，他们的眼睛里都出现了一种平日不曾出现过的急切，脸上都带有一种陌生的警觉神色。这时，如果有人突然来到这个地方，他应该立即就能意识到有大事就要发生了。

这是一个完美的秋日，在地平线上有一层薄雾，正在升起的太阳还没有将其驱散。蓝色的苍穹与绵延的大地在尽头处平整地交汇，没有参差不齐的边缘向你展示大地和天空的连接点，不过，远处河流流经的青柳除外。寂静笼罩着万事万物，因为声音被那广阔的空间吞噬掉了。当一声枪响宣布比赛开始时，那声音听上去更像是玩具手枪发出的，而不是来自真正的枪。但是采摘工们宛如一个人一样，整齐划一地俯下身子，开始干活儿了。詹妮这才断定，自己刚刚听到的声音的确是真正的枪声。她从卢佩的身边走开，悄悄地来到了拉金夫人的身旁，轻轻地将自己的手塞进了她的手里。

"噢，妈妈，我太希望爸爸赢了。你觉得他会赢吗？"

拉金夫人紧紧地握着詹妮的手，望着采摘工，过了一会儿，她才缓缓地说："谁都不清楚，女儿。他只能尽力了，跟其他人一样抓住自己的机会。我想生活就是这样的——大概都是这样吧。"

詹妮思索着这番简单朴素的话，她能够感受到而不是意识到其中蕴含着一种很了不起的智慧。这番话就像是她在书上读到的那些词句。有时候，妈妈就是那样说话的。有时候她看起来遥不可及，就像神仙一样，比如现在。你永远也不会想跟妈妈开玩笑或者玩耍，就像对爸爸那样。妈妈是不一样的，她能让你做应该做的事情，让你说出心里想的那些话。可是妈妈的心里严严实实地藏着一些秘密，詹妮近来一直渴望去发现它们，但她十分确信自己永远都不会发现。她只知道，没有妈妈，自己和爸爸就会像见不到太阳的棉花植株一样百无一用。

采摘工们沿着一溜溜长长的棉花地摘着棉花，将摘下来的一袋袋棉花称一称，再将口袋倒空，然后又回到原来的地方继续进行着比赛。詹妮和卢佩也跑过去看他们。越来越多的人赶来围观比赛，人们跟随着采摘工们

挪动着脚步，交警也来到现场维持秩序，以免他们妨碍
到采摘工人。

卢佩从一名魁梧的警察跟前躲开了，她用怀疑的目
光打量着在对方屁股上晃悠着的那把枪。

"来啊，有什么好怕的？"詹妮急不可耐地说道。

"他啊。"卢佩冲着那名警察扬了扬脑袋。

"害怕一名骑警？"詹妮惊诧地问道，"他不会伤害
你的。有好多次我们的车出了问题，停在半路上走不了，
都是他们赶来帮我们把车修好的。"

"他们会把人抓起来。"卢佩斩钉截铁地说道。

"那是当然了，如果你犯了法或者干了不好的事。不
过说实话，他们都挺好的。"詹妮对卢佩有些反感。

"我敢说你也不敢过去跟他说话。"卢佩跟詹妮叫板
道。尽管詹妮一副笃定的模样，卢佩还是有些不相信。

"我才不怕呢。"詹妮回答道，她把"不怕"这两个
字说得很重。她一边说，一边朝着卢佩所说的那名警察
走了过去，后者正和一群围观的人闲聊着。

詹妮一直等到那名骑警注意到她，才冲对方咧嘴笑了笑。

"你好，年轻人，有什么事情吗？"警察盘问道。

"我爸爸正在参加比赛。"詹妮说道。

"你没开玩笑？哪位是他呢？"警察问道。

"那一个。"詹妮伸出一只胳膊指着，还凑到了警察跟前。她用眼角的余光瞥见卢佩小心翼翼地朝他们走了过来。

"那位就是你爸爸？哎哟，他可真是太麻利了。我已经盯着他看了几分钟了，他太能摘棉花了。"

听到这里，詹妮真想一把搂住那名警察被晒黑的脖子，可是她不确定这样的举动是否符合法律规定。于是，詹妮只是露出了一个灿烂的笑容。这时那名警察朝田里走去，她加快脚步走在警察身边。卢佩也一路小跑着跟上了他们。

突然，正在大步流星朝前走的警察毫无征兆地停下了脚步，墨西哥小女孩一头撞在了他的身上。

"嘿，怎么回事？"他一边嚷嚷，一边一把抓住卢佩
的两只肩膀，低头冲着那张惊恐的脸咧开了嘴，"你这是
要袭击我吗，还是有别的什么事？"

可怜的卢佩。幸好对方牢牢地抓着她，不然她就要
跌倒了，她的两条腿已经无力支撑她的身体了。她面如
死灰，两只眼睛就如同两汪巨大幽暗的水池，里面充满
了恐惧，她那副模样就好像自己完蛋了。詹妮几乎忍不
住要哈哈大笑了，可是她太喜欢卢佩了，不会这么公然
地嘲笑她。她只是说：

"卢佩害怕警察，其实她不应该害怕，对不对？"

"嘿，用不着，我家有两个小孩子。如果你们保证不
告诉任何人的话，我就告诉你们一个秘密。"那名警察回
答道。他放开卢佩，朝四下里飞快地瞟了一眼，仿佛他
真的担心有人偷听到他的话似的。两个小女孩猫着腰，
凑了过去。"我的那两个孩子觉得我百无一用。"这个大
个子男人坦白道，"不过你们千万别把这件事情说出去
啊。好啦，走吧，我还有事情要做。"

"你瞧。"当詹妮望着那个挂着武装带的宽阔后背离开时，她说道，"你瞧，警察没什么可怕的。"

可是，卢佩看起来仍旧有些半信半疑。

时间一点点过去了，太阳已经高高地挂在了空中，采摘工们敏捷的手指仍旧在绿油油的植株中间上下翻飞着，将棉桃扫进他们的麻布袋里。麻布袋一次又一次地被称重，袋子里蓬松的棉桃被倒进卡车，直到车斗里雪白的棉花都堆得高高的，向车斗外鼓了出来。采摘工们匆匆忙忙地吃完午饭，几乎没有休息，就又投入到了下午的工作中。到这个时候，人们已经能预计出最终的比赛结果了。在棉花田里，拉金先生几乎可以说遥遥领先，只有一个人似乎对他夺得冠军的前景构成了威胁。这个人是一个高高大大的黑人，他那两只黑色的大手在枝叶间灵巧地挪动着，疾如闪电，毫无差错。只要他和拉金先生这位白人竞争者足够接近，能够听得到彼此声音的时候，天性和善的他就会冲对方开一开玩笑，拉金先生

也友好地回应着。

兴奋了一天的詹妮已经精疲力尽了，她和卢佩坐在拉金先生的汽车里。

"要是有一千美元的话，你会干什么？"詹妮突然问道。

詹妮一整天想的几乎都是奖金的事，由于对财富的憧憬，她很容易就将现实的奖金想象成一笔完全不切实际的巨额财富。

卢佩考虑了一会儿才开口作答："要是我有一千美元的话，我就买一辆汽车。淡黄色的车，车轮亮闪闪的，里面有红色的皮子，两个喇叭。我可以随时把车开出去。"

想到这样妙不可言的景象时，卢佩的眼睛闪闪发亮。詹妮惊讶地瞟了一眼卢佩，她对这个回答感到很满意。真不错，她发现除了日常事物，卢佩的脑子里也会出现其他东西，即使只是淡黄色的汽车。卢佩更有兴致了，继续着这个幻想游戏。"你会干什么？"她问道。

詹妮的答案是现成的。

"我要盖一座房子，里面的房间足够我们所有人住，厨房不包括在内。房间里全都又亮堂又干净，房子里还要有水管，这样你就可以随时打开或者关上水龙头。一面墙上要有一个专门摆放青花盘的架子，我们可以一直住在里面，而且……"

詹妮梦想的房子还有哪些不可思议的特点，谁都无法知道了。因为就在这时，又响起了一声枪声——这天的第二声枪响。比赛结束了。

两个女孩手忙脚乱地从车里爬出来，朝着田里冲了过去。刹那间，人们都围到了卡车跟前。尽管一身疲惫，但是确信自己能取得名次的采摘工还是急匆匆地从田里跑了出来。其他人都慢吞吞地从地里走出来，去领取这一天的工资。

用不了几分钟，紧张的期盼就会结束，奖金也会被发放给获奖选手。詹妮看到爸爸跟一群人站在那里，曼纽尔·罗梅洛也站在他的身旁，那些所称的重量正被计算着。人群寂静无声，急切地等待着比赛结果的公布。终于，那一刻到来了。有人大声叫出一个名字，人群中冒出一声喊声，那个大块头的黑人站了出来，他那张淌着汗水的脸庞露出一个灿烂而闪亮的笑容。这就是说，爸爸没有夺得冠军。一瞬间，詹妮觉得自己好像只能跑掉了，好像自己承受不了继续等待其他结果的压力。她望着爸爸，心想他怎么能表现得那么平静呢，怎么还能继续跟曼纽尔安静地聊着天，就好像今天跟任何一天下班时没什么区别似的。不过，即使詹妮正看着爸爸，她也听到另一个名字被叫到了。听上去像是"拉金"，除非她听错了。没有听错，爸爸已经从人群中走了出来，人们纷纷拍着他的后背。是的，是拉金。爸爸赢得了亚军和七十五美元！

詹妮没有意识到自己上上下下地蹦跶了起来，直到她感觉到一只手摁在了自己的肩膀上。"要是你继续这么跳的话，就会砸穿地球，掉到中国去的。"詹妮抬起头，看到妈妈正笑呵呵地低头看着她。真的是在笑。

"噢，妈妈！"詹妮大喊一声，伸出两只胳膊抱住了妈妈的腰，将脸紧紧地贴在她的身上。"我真怕自己会炸开。"

"要是你像爆竹一样爆炸，我一点也不会感到惊讶。"詹妮的头顶又传来这个平静的声音。"爸爸来了，我们最好到车上去吧。"

第二天，拉金先生没有去上班，他带着全家人去了弗雷斯诺。既然手头有了一些余钱，他们就得去置办一些必备物品了。首先，汽车需要四个新轮胎。当然，用不着买全新的轮胎，在二手轮胎商那里，他们可以找到一些比现在用的这些好很多的轮胎。在购买其他用品之前，他们必须先买到轮胎。对于拉金家这样的家庭来说，汽车是他们拥有的最重要的东西。没有汽车，他们就没有谋生的手段了——拉金一家的生活完全依赖于他们是否有能力赶上各地的收获时节。要是没有一辆性能很稳定的车，他们就无能为力了。詹妮就像爸爸妈妈一样，很清楚这一点，因此当他们开车行驶在公路上时，她只允许自己持有一丝希望，也就是在买到轮胎后，他们还能剩下一些钱。她想要一件新外套。

　　过桥的时候，詹妮的眼睛警觉地瞥见了河对岸的安德森府。想要辨认出标示那所平房位置的树林很容易，但是在他们开车经过时，那些建筑物只是一闪而过，因为它们被大树和灌木遮得严严实实的，从公路这里看过去，几乎看不到什么，而且它们距离公路太远了。

　　自从那天全家人去河边郊游之后，他们就再也没有时间去野餐了。要不是对那天的记忆像这个早晨一样清晰明澈，詹妮或许会以为那一幕只是自己在梦中见到的景象——在柳树下，一条名叫"危险"的狗冲着她叫唤，一位叫安德森的男人在袒护她。在收取房租之后，邦斯在他们家又露了一次面。邦斯也属于安德森府——那个宛如青花盘一样的地方——这个事实令詹妮感到极其厌恶。现在，那个平房和青花盘在她的心里密不可分，几乎合二为一了。一想到其中一样，她的心里自然会想到另一样。这也是有生以来第一次，詹妮想到青花盘时产生的喜悦中掺杂了一丝不愉快的感觉。这感觉就来自邦斯。

不过，詹妮很理智，她知道谁都不能指望自己拥有一切。这会儿他们正在去小镇的路上，羊皮袋里至少还有七十五美元。这一天风和日丽，到目前为止，车子也运转得很正常。就连邦斯·雷伯恩也无法遮掩这个美好清早的光芒。要是买完轮胎之后还能剩下一点钱就更好了！

拉金一家花了将近两个钟头才买到轮胎。詹妮之前没想到世界上竟然会有那么多二手轮胎店，拉金先生把每一家商店都看了一遍，仔仔细细地跟老板们讨价还价了一番，然后才做了决定。拆掉旧轮胎、换上刚买的轮胎也耽误了一些时间。卖轮胎的人信誓旦旦地告诉他们，这些轮胎就像新轮胎一样好。换好轮胎时已经将近中午，詹妮也感到饥肠辘辘了。

"我们把车停在这里，走路去买其他东西吧。"爸爸提议道。

"也行。"妈妈表示同意。于是，他们就这么做了。

詹妮已经忘了自己上一次是什么时候走在这样的一

条街上，汽车来来往往，有轨电车哐啷哐啷地从他们身旁驶过。店铺的橱窗里摆满了迷人的东西，詹妮几乎忘了自己还饿着肚子，直到一阵饭菜的香气突然飘进她的鼻子里。就在拉金一家的前方，一个男人推开一家餐馆的大门，走到了大街上。走到那家餐馆跟前时，詹妮将鼻子贴在大大的玻璃窗上，朝里面"窥探"着。她看到一个长长的柜台，柜台前摆着一排凳子，身着白色制服的女人正将一盘盘热气腾腾的饭菜放到等着吃饭的顾客面前。它们看起来太可口了，詹妮真想走进去。就在这时，她听到身后响起了爸爸的声音，她几乎无法相信自己的耳朵。

"我们进去尝一尝他们家的东西，你觉得怎么样？"爸爸说道。

詹妮纵身一跃就进了餐馆，扭着身子坐在了柜台前的凳子上。一名女服务员啪的一下将菜单放在她面前，菜单上写满了当天供应的美食。看着长长的菜单，詹妮忘记了周围的一切，她还从来没有读到过比这份菜单更有趣的读物呢。一遍，两遍，三遍，她从头到尾将菜单看了一遍又一遍。菜单带给人的兴奋就像读《亚瑟王》那么强烈。詹妮听到爸爸点了菜，妈妈也点好了，现在轮到她了。女服务员不耐烦地站在她面前，手里握着铅笔准备写字，可詹妮还是没有考虑好。她应该点一份烤牛肉配土豆泥，还是炖牛肉配"餐馆自制"面条？

"快点，快点，先说一个，然后再看其他的。我们不能一整天都待在这里啊。"妈妈终于说话了。

"烤牛肉。"说完，詹妮就叹了一口气。这一天剩下的时间里，她会一直为没有点炖牛肉而耿耿于怀了。要是她有足够的胃口、足够的时间、足够的钱，把所有东西都吃上一遍就好了！把菜单从头吃到尾！要是能那样，就太好了！

不过当烤牛肉端上来时，它太可口了，詹妮把菜单上的其他菜品都统统忘记了。吃完饭，爸爸付了账，这时詹妮更开心了——她看到羊皮袋里还剩下好些钞票。

拉金一家又走在了熙熙攘攘的大街上，走着走着，

他们就来到一家大商店的门口，商店的橱窗里满满当当
地摆放着各种各样的商品。有让人穿的衣服、做饭的锅，
甚至还有让人坐的椅子，所有的东西都摆放得井然有序，
让人一眼就能看到这家商店有哪些商品出售。橱窗里的
东西全都带着一个干干净净的标牌，牌子上写明了每样
东西的价格。

　　拉金夫妇走进这家商店，詹妮紧紧地跟在他们身后。
妈妈在一个柜台前停下脚步，向柜台后面的一位年轻女
士问了个问题，那位年轻女士冲着商店偏僻的角落扬了
扬脑袋。詹妮没有专心听她们在说什么，不过她还是不
由自主地听到了"外套"这个词。这时，那位年轻女士
低下头，冲着詹妮露出一个会心的笑容。詹妮的心里充
满了希望，她的脑袋感到有些晕晕乎乎的。爸爸妈妈朝
着售货员指给他们的方向走了过去，詹妮屏住呼吸紧跟
在他们身后。现在没有任何疑问了。他们终于来到商店
的一角，在詹妮那双看过来看过去的蓝眼睛前，是一排
排高高的货架，架子上挂着许许多多的外套，每一件外

套都是专门为某个小女孩做的。

一名售货员朝拉金一家走过来，她扬了扬眉毛，摆出一副客气询问他们的神情。她老练地扫视了一下，就发现詹妮是一个瘦削的女孩，她身上的裙子勉强够得到膝盖，破旧夹克的袖子距她的手腕短了两英寸。

"我们想给这个女孩买一件外套，十美元以内的。"妈妈说道。

售货员朝一个货架走了过去。"这些都是八美元七十五美分的，您也看得出这些衣服绝对都值这个价。"她说。

爸爸扭头看着詹妮，说："年轻人，你来看看，自己挑吧。"

挑选衣服可不是那么简单的事。是的，一点也不简单。詹妮绕着那个货架转来转去，她先从颜色挑起，最终选定了蓝色。接着她就得一件接一件地试一下，这样才能知道自己最喜欢哪种款式。解决了款式的问题之后，他们就得找一件尺寸合适的，要大一些，可以让她多穿几

年，同时又不能太大，以免现在穿上显得有些滑稽。他们折中了一下，詹妮终于拥有了一件崭新的蓝色羊毛外套，为此她感到很骄傲。外套的下摆盖过了膝盖，袖子也长过了手腕，不过外套很暖和，而且至少在她的眼中还很漂亮。

拉金一家接着又买了几样东西，都是工装裤和衬衫之类的日常用品，没什么让人兴奋的东西，然后他们便开车回家了。他们将一切都安排得井井有条，汽车有了新的——几乎是新的——轮胎，詹妮有了一件崭新的外套，而他们的羊皮袋里还剩下一些钱。

WILD WINGS AND TROUBLE

七 野翅膀和大麻烦

摘棉花大赛已经结束三个星期了，变化降临到了这条河谷。路边的向日葵消失了，只剩下它们高高的枯茎在频繁刮起的南风中僵硬地抽动着，提醒人们它们灿烂的花盘曾冲着过路的人欢呼致意。麻迪菊盛开了，又凋谢了。风滚草放弃栖息在大地上，现在它们名副其实、蔚为壮观地随着风朝四面八方滚动，只有在行进的道路上遇到直立的篱笆时，才停下脚步。唯独黑肉叶刺茎藜没有受到季节交替的影响。

在西边，群山呈现出一条低矮、清晰的蓝色线条。巨大的云团时常在群山的背后翻腾，越过山尖，涌向无边无际的天空。看着聚集起来的云朵，詹妮想知道，是否有时候会有足够多的云来遮住那片天空。不过有一天，她发现天上有大量的云，而且还很富余。这一天，天空下起了雨。这是这个季节里的头一场雨，干渴的大地贪婪地吮吸着水分。听着雨水敲打屋顶板的声音真令人开心。尽管屋顶漏雨，拉金夫人不得不将洗衣盆放在屋子中间，但就连雨水敲打洗衣盆的声音也那么美妙。詹妮跑到屋子外面，迎着雨滴扬起脸，当雨水溅在她闭起的眼皮上时，她大笑了起来。湿润的土地散发着甜美的芬芳，詹妮将这股浓郁甜美的气味深深地吸进肺里，她瘦小的胸膛鼓得都要裂开了。

隔壁的田野里，红牛们停止吃草，它们躲开吹来的风，茫然地盯着四周。雨天和晴天似乎对它们来说没有区别。对雨的声音、气味和感觉都那么敏感的詹妮不屑地看了牛群一眼，她觉得住在一座漏雨的棚屋、偶尔饿饿肚子的生活要比牛群的生活强一些——实际上强多了，它们对世上发生的事情毫无感觉、一无所知。不过，她不得不承认，它们红色的身影星星点点地散布在平原上，这在暴风雨中真是一道养眼的风景。转身往屋里走的时候，詹妮觉得奶牛的颜色真好看。

第二天，阳光明亮，空气中透着一股凉意。拉金一家人还在吃早餐时，曼纽尔·罗梅洛过来告诉他们，他在这个夏天为之打工的那个农场主，打算把一些桉树的树顶砍掉。如果拉金先生愿意帮忙的话，砍下来的木材他可以拿走一半。

"这就是善有善报。"说着话，曼纽尔腼腆地咧嘴笑了笑。他指的自然是在摘棉花比赛中，他靠着给拉金先生当助手赚到的十美元。

这可真是一个好消息，这就意味着拉金家的后院里会有好大一堆柴火，他们再也不用在平原上四处寻找黑肉叶刺茎藜的根茎了，现在他们搜寻的范围已经越来越大。这还意味着，今天詹妮不用去上学了，因为爸爸不去棉花地了。通常，詹妮都会对落下课程感到难过，她对彼得森小姐的喜爱和敬意越来越强烈，有时候她几乎忘了自己一直希望去"正规"学校上学的事情。可是，今天出于某种特殊的理由，詹妮想要待在家里。

在过去的一个星期里，詹妮偶尔会看到天空中的鸟群排成行，呈波浪状飞行，她知道那都是野鸭子。它们拍打着发出呼啸声的翅膀，从北方一群一群地飞来，栖居在距离拉金家的小棚屋半英里远的沼泽地上。那片沼泽地就在公路附近，也就是有红翼鸫站在芦苇草上摇摆的那个地方。很久之前，詹妮跟着罗梅洛一家去赶集时就曾经过那里。这段时间，她一直想偷偷地溜到野鸭子栖居的地方。自从她长大到足够关心这类事情以来，每年秋天，她都等待着野鸭子的到来，就像一个人在等待自己深爱的朋友的到来。对于詹妮而言，野鸭子似乎就像朋友一样。无论她身处何方，几乎每到秋天，这些鸭子都会飞到她的身边来。
现在，它们又飞到圣华金河谷来了。詹妮过着漂泊不定、
变化无常的生活，而每到秋天，野鸭子都毫无例外地出现，
这让詹妮觉得，生命中还是有一些稳定不变的、可靠的东
西的。在一切都混乱不堪、今天不知道明天会怎样的世界
中，至少还有这件事情是靠得住的，是不会辜负她的。一
个星期以来，詹妮一直观察着它们不断地飞来，今天她就
要去它们所在的地方了。

　　詹妮正朝沼泽地走去时，从公路那边传来一声喊叫。
她回过头，冲着卢佩和她的弟弟挥了挥手，他们正在去
上学的路上。卢佩和弟弟每人拎着一个金属午餐盒，餐
盒反射着太阳光，他们每迈出一步，盒子上的光就会明
亮地闪动一下。显然，他们又没赶上校车。罗梅洛姐弟
俩似乎总是赶不上时间，现在，他们肯定又要迟到了，
他们得背对着大太阳走上一英里。

　　沼泽地的起点很容易找到。首先，沼泽四周的黑肉
叶刺茎藜比其他地方的更绿一些，灌木丛也比干旱地

区的更茂密广大一些。除此之外，黑肉叶刺茎藜后面是歪斜的芦苇，凛冽的秋风将它们的茎秆吹弯了。而且，只有在有水的地方，你才能看得到这种芦苇。

詹妮已经走到了能看得到芦苇的地方，她的步伐变得谨慎起来。她更加留意起了自己脚下的路，始终走在黑肉叶刺茎藜的外环，让这种植物夹在她和芦苇的中间。野鸭子就栖息在芦苇之中。

詹妮距离沼泽越来越近。她脚下的沙地已经变得潮湿了，光着的脚趾感到有些冰凉，但是随着地面越来越湿，詹妮庆幸自己没有穿鞋。要是穿着鞋上这儿来的话，她也只能把鞋脱掉。

突然，她一动不动地站在那里，就像一只侧耳倾听的兔子。一种声音传了过来，那是鸭子们快乐进食的声音。它们轻轻地嘎嘎叫着，表达着自己的满足。詹妮跪了下来，轻手轻脚地向前爬去。她紧贴着黑肉叶刺茎藜，但是她很小心，以免碰到叶片，让它们突然动起来惊吓到鸭子。沼泽地里静止的水潭终于出现在她的眼前了。如

果愿意的话，她伸出手就可以够到芦苇。在詹妮那双欣喜的眼睛前，至少有一打的鸭子，其中有几只正平滑地拍打着水面，在身后明镜般的水面上留下微微的涟漪。它们光滑的脖子在灰白色的胸脯上紧紧地蜷起来，每当阳光照在彩虹般的羽毛上时，它们的脖子就会从黑色变成耀眼的绿色。另外几只鸭子都一头扎在水里，尖尖的尾巴和踢腾的红脚丫指向天空，那副模样看起来有些滑稽。

詹妮跪坐在自己的脚后跟上，开心地打量着四周。黑肉叶刺茎藜高过了她的头顶，彻底挡住了她的视线。不过，她还是能清楚地看到野鸭子和芦苇。她的头顶上方是万里无云的天空，天空笼罩着一切，使万事万物都显得那么广阔，那么完整。就在这一刻，这里就是整个世界，这里只属于她——詹妮·拉金。野鸭子、阳光，甚至是天的尽头，都是她的。整个世界和詹妮·拉金。詹妮心想，所谓"承受地土"就是这个意思吧。她心满意足地将两只手叠放在腿面上，闭上了眼睛，她想要将这幅画面永远保留在脑海中。没错，一合上眼皮，这幅画面就出现了，每一个细节都那么鲜活，那么清晰。她能将这幅画面一直保留在心里，直到来年的秋天，又为她展现出这样一幅活生生的、真实的画面。

詹妮不知道自己在那里蹲了多久，她突然清楚地感觉到，这里不再只有自己一个人了。她警觉地回头看了看，结果看到了一个人——邦斯·雷伯恩。他鬼鬼祟祟地朝着沼泽地走来，手里端着一杆枪。詹妮立即意识到他来这里是为了什么，她的心里登时就冒出一股无名的强烈怒火。他来这里是为了杀死她心爱的野鸭子，趁着它们凫水、在水中嬉戏的时候猎杀它们。但他不会开枪的，至少她在这里的时候不会，她有能力阻止这种事情的发生。

詹妮面对着邦斯一下子从黑肉叶刺茎藜丛的后面站了起来，挥动起手臂。她听到自己的身后响起一阵急促的翅膀拍打声和水花的飞溅声，野鸭子从沼泽里飞了起来。就在这一瞬间，邦斯举起了枪。然而，詹妮就站在邦斯和他的猎物之间。就在枪管指向詹妮时，她低头看着长长的蓝色枪管，对她来说，枪管就和加农炮一样巨

大。她曾在途经的小镇的公共草坪上看到过那些安静放置着的大炮。然而,她无所畏惧地站在那里,抵抗着邦斯。盛怒之下,邦斯的脸涨得通红。

"在我打猎时给我捣鬼,你这是什么意思?"邦斯咄咄逼人地问道,一边还迈着大步朝詹妮走了过来。

"我不希望这些鸭子被打死。"詹妮照实说道。

"哦,你不希望它们被打死。嗯,你是什么人?"

"我是詹妮·拉金。"

邦斯死死地盯着詹妮。"你就是那个爱管闲事、总是鬼鬼祟祟地在跟你没关系的地方瞎晃悠的小丫头。"

詹妮没有吭声。

"嗯,我得告诉你一件事情。"邦斯继续说着,这时他压低声音,拿出他惯常使用的那副威胁人的腔调。"从今往后,别让我再看到你,听明白了吗?离这片沼泽远点,这里根本就不是你来的地方。我以前就跟你说过,不要来这一带东打听、西打听,我是认真的。好了,滚吧!"

詹妮回头看了看野鸭子刚刚待过的地方,然后离开了邦斯，也离开了沼泽地。不久之前，她的心中充满了幸福，而此刻又充满了仇恨。迈着沉重的脚步走出沼泽地时，她不禁想，区区一个人竟然可以改变一切，这真是有些可笑。距离小棚屋还有三分之二的路程时，詹妮突然听到一声闷闷的枪声，但她没有回头，只是她的嘴巴绷得更紧了，眼睛直勾勾地盯着前方，那双眼睛里憋着两团危险的怒火。如果当时她能揪住邦斯的话，邦斯可就有好受的了！

这天下午，爸爸回家的时候，后车厢里堆满了桉树的顶枝，这令詹妮的心情好了一些。至少还有两车的枝干等着爸爸运回家，所以他们家今后一段时间不用再担心柴火的问题了。在詹妮看来，高高的柴火堆是一个令人满意的景象，它意味着一种稳定。因为只要柴火堆在那里，他们就不会搬走了！到了这个季节，最好的棉花都已经采摘完了，不过地里还剩下足够多的植株值得拉金先生留在这儿。可是，越来越多的采摘工离开了这里。一天，因为营地小学里已经没有多少学生，彼得森小姐

宣布下个星期学校就停课了。这个消息对詹妮来说是个沉重的打击。

星期五是这个学期的最后一天，在另外六个孩子离去后，詹妮还待在学校里。

"现在您要上哪儿去呢？"詹妮问彼得森小姐。

"我也不太清楚，詹妮。"

"我再也见不到您了吗？"詹妮突然想到了这个问题，她感到自己绝不能任由这种情况发生。她对彼得森小姐说不出"再见"这两个字，也不能任凭她从自己的生活中永远消失。千万不可以这样。

"詹妮，这很难说。也许有一天我们还会见面的。等到了明年采摘棉花的时候，很有可能你还会回来。要是我没有进正规学校的话，我有可能还会待在米勒营地小学，等着一个叫詹妮·拉金的女孩走进来，对我说'你好'。"

詹妮冲着彼得森小姐笑了笑，但是那个笑容并不开心。她知道老师只是出于一片好意，其实十有八九她们再也见不到彼此了。詹妮从未像此刻这样希望自己再也

不用搬家了。他们已经在这个地方住了将近三个月，时间长得足够让人产生归属感了。她已经在这里交到了朋友，现在他们还有了一个柴火堆。可是，他们终归还是要搬家的，等到了该动身的时候，她肯定会比以往任何时候都更加难过。

但是，各种力量已经在起作用了，它们会让詹妮留在圣华金河谷的时间长得超出她的预估和想象。

现在已经是十二月份了，太阳突然消失得无影无踪，一层厚厚的雾覆盖着整个大地。浓雾抹去了天空的蓝色，将云朵融合成一个厚实的灰团。它似乎是从地面升起来的，就好像水蒸气从水壶里升起来一样，将一切都笼罩在雾气中。只要谁家的大门开着，雾气就会像幽灵一样悄悄地溜进房子里。你会感觉到雾气就像细细的雨丝一样落在脸上，有时候大雾非常厚，以至于詹妮都看不到马路对面卢佩家的房子了。就在大雾严严实实地笼罩着大地时，妈妈患上了重感冒。

一开始，妈妈并没有什么大碍，只是抽了几下鼻子

而已，妈妈还向他们保证第二天自己就会没事的。可到
了第二天，她的情况根本不见好转。后来，她的情况就
一天天地恶化了下去。然后到了这天早上，妈妈没有起
床，詹妮为爸爸做了早餐。

就在这天早上，不管詹妮曾经拥有过什么样的勇气，
它们也全都离她而去了。看着妈妈闭着眼睛躺在那里，一
脸痛苦和憔悴，詹妮突然产生了一个可怕的念头，这种想
法令她变得虚弱，而且几乎有些狂乱了。这还是她有生以
来第一次感到真正的恐惧。要是妈妈死了呢？她肯定病得
很厉害，快要病死了，否则她绝不会卧床不起，让一个小
姑娘毫无把握地照顾爸爸。假如突然没有了一个对她大惊
小怪和爱她的妈妈，突然没有了一个对每天生活中发生的
事情默默无语和漠不关心、却会令人意想不到地说一句
"河流在干旱之地"的妈妈，会怎样？万一妈妈有个三长
两短，她和爸爸怎么办？詹妮无法想象没有妈妈的生活，
这就如同没有放盐的肉一样。她的喉咙突然感到一阵疼痛
和憋闷，她强忍着没有流泪。就在这时，罗梅洛夫人敲响

了他们的门。

一看到病人，罗梅洛夫人便说："你该去医院了。"

拉金夫人疲惫地睁开眼睛，说："还得花钱啊。"说完，她又咳嗽了起来。

"县里的医院不用花钱。一分钱都不用花。"耐心和善的罗梅洛夫人说。

"这个我也知道，可是我们在这个县里住的时间还不够长，没有资格去县医院。"拉金夫人说。

客人点了点头，表示理解。"你说得对，我都把这个忘了。不过，你可以给皮尔斯医生打个电话。他在镇子里有一间诊所，要是你找人去请他的话，他会过来的。"

"还得给他付钱，我们没有一分闲钱了。只要在家里待上几天，不出门，我就没事了。"拉金夫人说。

离开的时候，罗梅洛夫人看起来不太相信拉金夫人的说法，詹妮也就更不相信了。除非他们找来医生，否则妈妈肯定就要死了。可是，如果他们没有钱支付给医生，他们怎么才能把医生请来呢？

　　突然，詹妮想到了一个主意，她一下子在屋子中央停住了脚步。青花盘——为了这只盘子，医生或许会来一趟。她瞟了一眼妈妈，妈妈已经迷迷糊糊地进入了并不安宁的睡眠中。眨眼间，詹妮就把那个旧旧的行李箱拖了出来，开始在里面翻找起来。她掏出了那只青花盘，又看了一眼妈妈，然后便套上了暖和的新外套。她轻轻地打开门，随即便飞快地穿过马路，朝罗梅洛家走去了。

　　罗梅洛夫人在门外的台阶上见到了詹妮，她的肩头披着一件毛衣。她看到詹妮过来就出来了。

　　"我要去找医生。在我们回来之前，您可以照顾一下我妈妈吗？"詹妮说。

　　"当然可以。"罗梅洛夫人说，她赶忙告诉詹妮去哪里找医生，然后就去了拉金家的小棚屋。

　　在浓浓的大雾中，詹妮走在马路上，她的两只手臂紧紧地抱着青花盘。詹妮要顺着卢佩和她弟弟上学的路走上大约一英里。尽管心里充满了忧虑，詹妮还是无法抗拒一个念头，她想象着此时此刻自己正朝着一所正规

学校走去，她属于那样的学校。

这一次，詹妮穿上了帆布鞋，因为目的明确，她走得飞快。没过多久，学校的砖墙就透过大雾出现在她面前。她朝右拐绕过学校，顺着一条街走到了一栋四四方方的大楼前，大楼的一侧有上楼的楼梯。詹妮走上楼梯，来到楼上后，她发现自己面对着一条长长的、幽暗的走廊。她犹犹豫豫地沿着走廊走了过去，瞥视着经过的每一扇房门，就这样一直走到了走廊的尽头。她看到一个房间的门上印着：

C.E. 皮尔斯，医学博士
请进

她缓缓地拧了一下门把手，走进了房间。这是候诊室，不过这会儿房间里没有人。詹妮还以为自己会在这个房间看到医生，失望带来的巨大痛苦刺穿了她的胸膛。不过，这个房间里还有一扇门，门上写着：

医生在里面
请坐

这扇门通向隔壁的房间。于是詹妮坐下了，她仍旧将青花盘紧紧地搂在怀里。

詹妮坐了好久，什么事情也没有发生。她什么声音也没有听到，不禁想知道自己接下来该怎么办。就在这时，她听到隔壁房间里的椅子嘎吱响了一声，随即就传来了有人走动的声响。那扇门一下子被推开了，皮尔斯医生出现在门口。一看到詹妮，他露出一副惊讶的表情。

"天哪！"他大喊了一声，"你在这里待了多久了？"

"很久了。"詹妮一边说，一边站了起来。如果你深爱的人身染重病等在家里，如果你在竭力说服自己不要为了放弃一只青花盘而感到遗憾，那么十分钟似乎就显得很漫长。詹妮使劲儿打量着医生，这位医生已经上了年纪，因为一直在帮别人分担痛苦，他那厚实的肩膀已经有些弯曲了。他两眼之间的眉头紧锁，声音有些粗哑。但是他脸上的表情让詹妮立即看出，眼前的这个人会是一个善良的人，而且是你根本不用感到畏惧的人。

"哦，谁生病了？"医生有些焦急地问道。

"我妈妈。她不想让您去给她看病，因为我们没有多少钱了，棉花也差不多快摘完了，但是我给您带来了这只青花盘。"詹妮回答道。

詹妮一股脑地把话说完了。这是她说过的最艰难的话，但是她必须说出这些话，所以她只想尽快把这些话说完。这会儿她把盘子给医生递了过去，但是皮尔斯医生看都没看一眼。

"她病了多久了？"他问道。

"感冒三天了。"詹妮说，她仍旧朝医生端着那只盘子。

"天哪！"这次皮尔斯医生不满地咕哝了一句，"到了这会儿可能都转成肺炎了。好吧，一起走吧。站在这里对她可没有什么帮助。"

"可是，这只盘子，您不想收下吗？"詹妮坚持问道。

"不，我不要。"医生斩钉截铁地说道。

皮尔斯医生听上去有些气恼，詹妮缩回手臂，又将盘子搂在胸前，但她注意到，那双凝视着她的眼睛仍然充满着和善。

他们一起穿过那条长长的走廊，走下楼梯，走进了浓雾中，朝医生停在院子里的轿车走去。这辆车看上去就像拉金家的车一样旧，只不过车厢里面没有那么破。很快，他们就回到了拉金家的小棚屋。

詹妮担心妈妈看到医生后会发火，可是妈妈病得太严重，已经没有力气发火了。皮尔斯医生轻手轻脚地给拉金夫人做了一次全面检查，随后他轻声说了一句："肺炎。"然后在自己的背包里翻了一阵，并且用低沉的声音告诉罗梅洛夫人和詹妮应当如何照顾病人。

皮尔斯医生终于走了，临走时他承诺第二天上午自己还会过来。尽管人已经离去了，但他的到来带给詹妮的安慰依然没有消失。詹妮满怀感激地将青花盘又塞回行李箱，这时，她的心情比前几天轻松了一些。

MORE TROUBLE

八 更大的麻烦

第二天，爸爸想都没想出去干活儿的事情。妈妈病
得太重了，谁都不知道接下来会发生什么。皮尔斯医生
来了，他待了半个上午才走，临走时他说晚上还会过来
一趟。

在皮尔斯医生离去前，爸爸从羊皮袋里掏出一些钱，

想要交给医生。"留着买药吧。"皮尔斯医生断然说道，然后便走出了门，他似乎有些生气了。不过他们都清楚皮尔斯医生没有生气，他就是这样的人。而且不知道为什么，这让一切看起来没有那么艰难了。罗梅洛夫人几乎一整天都没有离开小棚屋，她把还在襁褓中的贝蒂交给詹妮照顾，她自己则全心全意地照顾着拉金夫人。

　　小棚屋太逼仄了，再加上贝蒂不比大多数婴儿安静多少，所以这一天的大部分时间詹妮都待在罗梅洛家。在这里，贝蒂可以尽情地欢笑、喊叫，而不会打扰到任何人。看着贝蒂，詹妮感到有些羡慕，她对一切都一无所知，什么都不懂。对于一个小婴儿来说，生活肯定非常容易，尤其是像贝蒂这样受到家人宠爱的小婴儿。詹妮早就不再羡慕卢佩有这么一个小妹妹了。

　　三点半的时候，卢佩和托尼放学回来了。看到詹妮，卢佩的眼睛就睁圆了，她看上去那么严肃，充满了同情。

　　"你妈妈怎么样了？"卢佩问道。

　　"几分钟前我过去的时候还是老样子。"詹妮回答道。

"那就是说没有继续恶化下去。"卢佩说。詹妮突然感到一种莫明的宽慰，仿佛卢佩的话令妈妈的病情一下子好转了。拥有这样的朋友真好，她关心你的遭遇，在你悲伤时会努力为你鼓气。卢佩又聊起了学校里的事情，詹妮有些三心二意地听着。她站在窗户前，脑袋里塞满了各种念头。她的眼睛盯着马路对面的那座房子，全世界的麻烦事现在似乎都集中在了那座房子里。卢佩自言自语地闲扯着，突然，她提到的一个字眼引起了詹妮的注意，詹妮飞快地转过身子。

"你说什么？"詹妮追问道。

"我说学校来了一位新老师，她叫彼得森小姐。"

"她长什么样子？"就在问出这个问题的时候，詹妮还在说服自己不可能是那位彼得森小姐。

"她有点胖，人特别好。我喜欢她。"卢佩的评价很公平，她开心地看到自己终于唤起了詹妮的热情。

"听着，卢佩，明天去上学的时候，你问问她今年秋天是不是在米勒营地小学教过书。你可别忘了啊，好吗？

我想她就是我在那里遇到的那位老师。"

"没问题，我会问她的。"卢佩作出了保证。

皮尔斯医生的到来打断了两个女孩的谈话。就在他走进小棚屋的几分钟后，詹妮也飞奔着穿过马路，来到了小棚屋。她轻轻地将门推开一条缝，钻进了房间。皮尔斯医生在拉金夫人的上方俯下身子，所有人都一声不吭。终于，他从拉金夫人的嘴里取出一支体温计，然后拿着体温计走到了窗户前。

"她没有恶化，她在拼命坚持着，她的勇气没准儿能让她挺过这个难关。"皮尔斯医生冲着体温计说道。

勇气。这个词令詹妮想起了一场已经被遗忘的谈话。第一次去米勒营地小学的那天，爸爸就跟她谈论过勇气。他是怎么说的？"想要不失控地去过这样的生活，是需要勇气的。"就是这句话。那时候，她还觉得妈妈可能没有勇气。可是现在，皮尔斯医生说妈妈很有勇气。詹妮已经不再怀疑了，她看着那张床，想知道自己曾经怎么会怀疑这一点呢。

那天夜里，他们都没怎么想睡觉，或者说没有真的睡觉。爸爸让詹妮躺在那个汽车后座垫子上，她穿着衣服就睡着了。在梦中，彼得森小姐拿着一瓶药来到她的跟前，告诉她喝上三滴药，她的妈妈就能和卢佩一起去当地办的小学上学了。这个梦太滑稽了，詹妮在梦中就笑了起来。

第二天清晨，拉金先生也露出了笑容。

"妈妈今天好一些了。"他说。

詹妮跳了起来，看着屋子的另一头。妈妈也正看着她，当詹妮的目光同妈妈的目光交汇时，妈妈伸出了手。詹妮一个箭步就蹿到床跟前，抓住了那只手，那副模样就好像她再也不想松开那只手似的。

"妈妈，你会好起来的，对不对？"詹妮喊叫着。

"当然了。"妈妈只说了这么一句，不过这句话听起来一点都没有值得怀疑的地方。

过了一小会儿皮尔斯医生又来了，他说拉金夫人已经度过最危险的阶段了，只要得到精心的照料，一个月后她就能彻底康复。

詹妮的脑子飞快地转了起来。这样一来，无论发生什么事情，他们又有一个月不可能离开这里了。可是，十二月的头一个星期就要结束了，下个星期他们就得再交一次五美元的房租。现在羊皮袋里还剩下一些钱，够用吗？下一个月，爸爸能找到什么活儿呢？现在棉花植株已经变成了黑秆子，剩下的棉桃也不值得采摘了。但是，他们肯定不会走了，除非妈妈有所恢复，除非妈妈恢复得很好。

这天下午，拉金先生又拉回一车柴火。他将桉树枝干都砍成了能放进炉子的长度，就这样一直忙到天黑才将柴火整理好。这是一项费力的工作，因为桉树的枝干结实得就像铁块一样。等妈妈刚一入睡，詹妮就走出屋子，去看爸爸。看着爸爸毫不迟疑地挥舞着斧头，一下下飞快地砍在枝干上，詹妮的心中充满了骄傲。她相信爸爸无所不能。

安德森先生的几头牛站在篱笆跟前，它们也望着拉

金先生。在大雾中，它们黑乎乎的身影显得有些模糊。

"我认为这些牛也觉得冷了。"说出这句话的时候，詹妮深深地缩进了自己身上暖呼呼的新外套里。

"它们习惯了这种天气。"拉金先生说，他直起身子看着牛群，"它们长得真不错。"他一边说，一边又挥舞起了斧头。

詹妮咯咯地笑起来。"在这样的大雾天，你根本看不出它们长得怎么样。"她跟爸爸打趣道。

爸爸咧嘴笑了笑。"年轻人，你太放肆了。我们不是紧挨着安德森的这群牲口过了三个月吗？我们搬进来的第一天，我就估量过它们的个头了。对于一个养牛老手来说，这就是第二天性。"

听到爸爸的这番话，詹妮骄傲地扬起了头："我们以前也有那样的牛，是不是？"

"当然了，还有几匹马和一座房子。"爸爸说。

拉金先生又停下了手里的工作，凝望着浓雾，仿佛透过浓雾中升腾的水珠，他看到了坐落在尘暴区的那座牧场。

"那时候我还很小，你让我坐在马鞍上，你在后面抓着我。"詹妮想起了自己听过许多遍的故事，她非常喜欢这个故事。

"那会儿你还是个可爱的小调皮鬼。"拉金先生说。

"现在我就不是可爱的小调皮鬼了？"詹妮急忙问道。

"不是了。"这个回答出乎詹妮的预料，但是爸爸的语气很和善，"五年前你就不是了。现在你已经是一个漂亮善良的大姑娘了。"

"那你最喜欢什么样的我？"詹妮咧嘴笑了。

"很难说。"拉金先生一边伸手拿起一截木头，一边拧了一下詹妮的耳朵，"不过，要是你还不回到屋里去看一看你妈妈怎么样了，我肯定就不喜欢你了。她已经一个人在屋子里有十分钟了。赶紧进去吧！"

詹妮抱着一些木柴回到了屋子里，爸爸继续在她身后霍霍地挥动着斧头。

这天晚上，等晚餐结束后，妈妈舒舒服服地入睡了，爸爸和詹妮小声闲聊着。突然，有人迈着沉重的脚步踩在了门口的台阶上，随即就传来了响亮的敲门声。

还没等爸爸开门，詹妮就知道门外是什么人，现在正是月中，到交房租的时候了。所以，当她看到邦斯·雷伯恩昂首阔步地走进来，嘴里还说着"倒霉的晚上"时，她并没有感到惊讶。詹妮没有说什么，她非常同意邦斯的说法，不过她跟邦斯想的并不一样。

邦斯冲着墙角里的床扬了扬脑袋。"病了？"他问道。

"是的。"拉金先生轻声答道。他没有请邦斯坐下来。

"真惨。"邦斯只说了这么一句，随即便说，"嗯，我估摸着你也清楚我为什么会上这儿来。"

"知道。"拉金先生说，但是他丝毫没有掏出羊皮袋的意思。

"嗯，那就把事情办了吧。"邦斯听起来有些不耐烦了。

"对不起，雷伯恩，"拉金先生的声音仍然很平静，但是也很沉着，非常沉着，"这个月我没法支付你房租了。要不是我的妻子生病，这个星期我们就要离开这里了。现在,她有一段时间没法再上路了。棉花已经摘完了,我不知道自己还能不能找到其他活儿。剩下的这点钱我得留下来买吃的。至于这座棚屋,它根本不值你开出的价格。要是我们搬走的话,这个冬天也不会有人搬进来,你也清楚这一点。"

爸爸就这样说了一大通,詹妮一边屏气凝神地听着,一边看着邦斯,想知道接下来他会怎么做。借着汽油灯刺眼的灯光,她看见邦斯的眼睛里又闪现出那种丑陋的目光。他朝着拉金先生迈了一步,摆出一副吓唬人的姿态。

詹妮感觉突然生出的愤怒让自己的面颊变得滚烫起来。这个人难道就看不到妈妈在生病吗?他为什么就不能不来打扰他们?爸爸为什么只是一个劲儿地跟他唠叨,而不把他赶出去?哦,如果她是爸爸的话,她肯定会给邦斯·雷伯恩一些颜色看看!就因为自己是一个小女孩,而不是大男人,所以只能站在这里,气得浑身哆嗦,却一点办法也没有,这种感觉真是糟透了。

"听着,伙计,哼哼唧唧地跟我哭诉你的难处一点用

也没有。要么交钱，要么滚蛋，明白了吗？"邦斯说道。

"好吧，听着，我就跟你直说了吧。"爸爸的话音里透着一股狠劲儿，詹妮还从来没有听到过爸爸会用这副腔调说话。"我就是不付钱，也不会搬出去。你要拿我怎么办？"

邦斯又朝着拉金先生迈了一步，这次爸爸也向前迈了一步。詹妮心里既开心又激动地怦怦跳了起来。总算要干上一仗了，她就知道会这样。爸爸会把这个邦斯揍上一顿，狠狠地揍上一顿。她从未想过爸爸也有可能会挨打，她的爸爸可是天下无敌，邦斯根本没有机会。真痛快，她就要亲眼看着自己痛恨的这个人被打败了！这个说她是"贼"的人，这个打死鸭子的人。詹妮心想，这座房子不属于他们，他向他们收取房租，这没有问题，但是为了他干下的所有坏事，他被狠狠揍一顿绝对是活该的。现在，爸爸就要动手了。这一刻太美好了。

可是，爸爸的拳头还没落下，詹妮就极其失望地听到病床那里传来一声叫喊，这个声音拦住了这场争斗。

"给他钱，让他走吧。打架只会给我们所有人惹上麻烦。他会让你被警察抓走，吉姆，那样一来我们要上哪儿去？你一点机会都没有！"妈妈喊道。

"我不会给他交房租。"爸爸一脸凝重地说道，说完又朝邦斯转过身，"对就是对，错就是错。"

詹妮看着邦斯，心里琢磨着妈妈的这番话。邦斯的脸上毫无示弱的痕迹，那张脸就如同拉金先生的脸一样，十分固执。突然，詹妮感到了恐惧。就在刚刚，她还一心想要看到一场恶仗，而此刻，她又很想阻止住爸爸和邦斯之间的打斗。妈妈说得没错，她一贯都是正确的。他们毫无办法，只会成为这个人的牺牲品，即使这场架爸爸打赢了，最终的胜利者还是邦斯。这两个男人都怒视着对方，屋子里充斥着一股无可名状的危险气息。时间一分一秒地过去了，这股气息就如同看不见的雾水一样，变得越来越浓。

这场架绝不能打。一旦打起来了，爸爸就会进监狱。詹妮已经想象到了爸爸被关进监狱的情形。可是，除非他们交出房租，否则邦斯是不会离开的，而爸爸又拒绝交出房租。她该怎么办？她能怎么办？突然，她蹿到爸爸和邦斯中间，伸展开胳膊，仿佛想要将这两个男人分开似的。

"等等！"詹妮喊了一声，她满脸紧张地仰起头看着爸爸，"等一等，我有主意了。"

两个男人都吃了一惊，稍微放松了一下绷紧的身体，怒气冲冲的眼睛都死死地盯着敏捷的詹妮。他们看到她一头扑到床跟前，从床底下拖出那个旧旧的行李箱。她的两只手在箱子里摸索了一会儿，随即就飞快地转过了身子。她的手里捧着那只青花盘。

"给你。"詹妮一边说，一边将盘子递给了邦斯，"我们拿这个抵房租好了。"

妈妈大喊了一声，她不同意詹妮这么做，可是没有人注意到她的喊声。

邦斯不屑地瞄了几眼盘子。"我要别人的旧盘子有什么用？"他问道。

"这只盘子很漂亮啊，"詹妮说道，她的声音有些颤抖，"肯定值五美元。"其实她不太相信这只盘子值这么多钱，对于一只盘子来说，五美元似乎太多了。所以她又机灵地补了一句："再说，我们手里就只剩下这么一只盘子了。"詹妮断定，对于邦斯这么恶毒吝啬的人来说，最后这句话似乎比这只盘子潜在的价值更重要。

邦斯接过盘子，漫不经心地将它翻了过来，那一瞬间，詹妮的心跳动了一下。

"你很珍惜这个东西，是不是？"邦斯说道。

詹妮满怀希望地点了点头，看着邦斯的脸。邦斯对手里的东西琢磨了一会儿，迟钝的脑袋里慢慢地产生了一个念头，但詹妮绝对猜不到他在想什么。邦斯的如意算盘是这样打的：

他知道拉金一家保留着支付房租的收据，也知道自己在打着安德森先生的旗号收取房租，而这些钱根本没有落进安德森先生的口袋里。对于他和这家人之间的事情，安德森先生一无所知。现在，拉金一家人的宝贝落

到了他的手里，兴许他可以把这个宝贝保留一阵子，时间长得让拉金一家觉得自己已经失去了这个宝贝。这样一来，当他主动提出交换的时候，他们就会心甘情愿地用有可能泄密的收据来换回这只盘子。然后他就把他们打发走，这样任何人都不会知道真相了，尤其是安德森先生。

邦斯越琢磨越觉得这套计划很完美。他一直对这些收据感到担心。他知道，一旦这些收据落在老板手里，自己就会有大麻烦了。

邦斯最后又瞟了一眼拉金先生："好吧，成交。"

就这样，邦斯在拿到青花盘的收据上签了字，他终于消失在了夜色和大雾中。

詹妮站在那里无助地看着那扇关上的门，他们拥有的唯一一样美丽的物件没有了。对于詹妮而言，这一物件有能力将平淡无奇的东西变得美丽，能为枯燥空洞的生活赋予一丝奇迹和喜悦的色彩。她感到自己的心好像被掏空了。她终于体会到当年在得克萨斯州失去那片农场时爸爸心里的滋味了，终于知道那天爸爸说的想要不失控地生活需要勇气是什么意思了。毕竟，不用等到长大，她就明白了，这世上至少有两种不同的勇气。好啦，她也不会让事情失控。这时，妈妈叫詹妮过去，詹妮咽下憋在喉咙里的痛苦滋味，走到了妈妈跟前。

"你做得很勇敢。其实你用不着这么做。"妈妈说。

"只是只盘子罢了。"詹妮安慰着妈妈，但是这么说让她感觉自己像是在侮辱一位老朋友似的。

可妈妈没有被詹妮糊弄过去。

"我知道它对你来说意味着什么。"妈妈的手轻轻地捂在詹妮的手上，"我一直都很清楚。它来自你的母亲，你用不着把它交出去。"

詹妮惊讶地抬头看着妈妈。这就是为什么妈妈总是保护这只盘子的原因，这就是为什么她从来不用这只盘子盛饭的原因。妈妈知道这只盘子代表着什么。也许她就像詹妮一样喜爱这只盘子，也许她的喜爱更强烈，因为她是一个大人，大人更有能力去爱一样东西。詹妮轻轻地握住妈妈的手，一种平静的感觉在她的心底蔓延开来。不知道为什么，尽管失去盘子让她感到那么痛苦，但是知道妈妈对这只青花盘的想法，差不多也值得她做出这么大的牺牲了。

九 永别了，青花盘

接下来的两天风平浪静，妈妈的身体持续好转着，爸爸在努力找活儿干，詹妮竭尽全力地照料着妈妈，同时还在罗梅洛夫人的帮助下打理着家务。忙碌起来也挺好的，有时忙得让詹妮几乎把青花盘的事情都忘到九霄云外了。只是几乎忘记了，事实上，她从来没有彻底将

它遗忘。知道这只盘子最终进了一户体面的人家，这点
让詹妮感到一丝安慰。因为她理所当然地相信邦斯会将
盘子交给安德森先生，他可是以安德森先生的名义把盘
子拿走的。

到了第三天，彼得森小姐来探望詹妮了。卢佩就读
的那所学校里的彼得森小姐，正是那位彼得森小姐。听
到敲门声，詹妮还以为出现在门外台阶上的肯定是罗梅
洛家的什么人，结果她毫无心理准备地看到了彼得森小
姐，这真是太令人惊喜了。一时间，詹妮傻乎乎地愣在
那里，一句话也说不出来。

"你好啊，詹妮，不想让我进去吗？"彼得森小姐打
起了招呼。

詹妮猛地把门大大地推开，虽然一大团雾气也和客
人一起进入屋内，但是它似乎被某种魔法变成了一股纯
净的阳光。彼得森小姐能使一切与众不同。她的怀里抱
着一大堆纸袋子，每个纸袋子都鼓成有趣的形状，彼得
森小姐的脸上露出了灿烂的笑容。

"要不是去了一趟弗雷斯诺，我昨天就过来了。不过，为了表示歉意，我带来了一些礼物。"

就在说话的时候，彼得森小姐将纸袋子一一放在了桌子上。仍旧有些晕乎乎的詹妮想要帮忙，可是她笨手笨脚地打翻了一个纸袋子，满地的橙子像阳光一样洒得整个屋子都是。彼得森小姐在手忙脚乱地捡橙子时，也与拉金夫人熟识了，她还让詹妮的心放松了下来。

这时已经将近傍晚了，因为彼得森小姐得等到放学后才能来探望他们，所以她来到小棚屋后没过多久，拉金先生也回来了。爸爸一走进屋子，詹妮就知道他碰上了烦心事，而且不是普通的烦心事。只有很糟糕的情况才会让爸爸露出现在这么悲伤沮丧的神情。很快詹妮就知道了原因——工作没有了，他们只能搬家。在这件事情上，詹妮无能为力，她什么也做不了。就连妈妈还有些虚弱，无法经历长时间旅行的事实也无济于事。无论如何，他们都得走了。

爸爸努力让自己暂时抛开沮丧的情绪，向彼得森小

姐打了招呼，并对她带来的礼物表示了感谢。可是，他的笑容没有多少说服力，并且他试图轻松地聊天的尝试更加没有说服力。过了一会儿，彼得森小姐就站起身，走到床前。

"等詹妮不用料理家务的时候，我希望她能来上学。"她对拉金夫人说。

詹妮听着这些本来对她有重大意义的话，却惊奇地发现，现在这些话除了具有嘲笑此时此刻的意味，已经没有任何意义了。她发现自己希望彼得森小姐没有说过这些话。当然，彼得森小姐完全是出于真心实意，她不可能知道詹妮知道的事情。看着那么友好、那么善良的彼得森小姐，詹妮仍旧在心里回味着那番话，她突然不后悔听到那些话了。那些话让她产生了一丝归属感，让她觉得自己同卢佩和青花盘的距离更近了一些。

爸爸走到窗户跟前，背对着大家说道：

"现在她去上学也没什么用。等我妻子有能力上路时，没准儿等不到那时候，我们就要走了。这一带找不到活儿了，要是我们不想变成穷光蛋的话，就得去因皮里尔。"

"我明白。"彼得森小姐只说了这么一句，就伸手拿起了自己的外套。走到门口时，她停下脚步，一把抱住了詹妮。"很快我们还会再见面的。"她作出了保证。

彼得森小姐说到做到。在圣诞节的这一天，她又抱着一大堆袋子出现在小棚屋里了。詹妮对圣诞节没有太多的想法，妈妈的身体一天比一天好，詹妮当然为此感到开心。可是她一直很清楚，等妈妈能下床了，他们就会把家当装上车，继续赶路。皮尔斯医生说过，他们必须等上一个月，可是爸爸等不了那么长时间。他们只能碰运气了，尽最大努力照顾好妈妈。羊皮袋里的钱已经所剩无几，在爸爸找到工作之前，他们必须趁着还有钱买汽油和其他必需品的时候上路。所以，詹妮知道彼得森小姐的到访将会是她们的最后一次见面，很有可能是这样的。彼得森小姐也清楚这一点。尽管她和詹妮都努力保持着快乐的心情，假装相信来年夏天还会再见到彼此，但其实她们都清楚，这一次告别将会是永别了。尽

管有大包小包的礼物，这个圣诞节还是不那么令人开心。

终于，有一天爸爸平静地告诉妻子和女儿："我们明天动身。"

这句话终于还是说出来了，三个月来詹妮一直害怕听到这句话。明天，他们就要告别罗梅洛一家，告别彼得森小姐和那所"正规"的小学，告别青花盘。詹妮还从未抛下过这么多东西，以后也绝对不会有哪次她能像现在这样强烈地渴望留下来。

在最后一个下午，拉金一家收拾好了行李。正准备将行李装上车的时候，詹妮突然作了一个决定。她不能就这样走掉，她还要再看一眼青花盘。不跟它道别，她是不会走的，毕竟这次也许就是永别了。

妈妈和爸爸都没有注意到詹妮穿上蓝色外套，悄悄地溜了出去。也许他们以为她要最后去见一次卢佩。詹妮感到很庆幸，他们什么也没有问。

这一天天气很冷，天寒地冻的。大雾包裹着詹妮，羊毛外套粗糙的表面吸附了很多小小的水珠。詹妮最远只能看到前方五十码[1]的地方，不过她一直顺着带刺的铁丝网朝安德森家的方向走去。走到沼泽地的时候，她绕过去，径直朝北面走去，她希望能看到那条小路，就是那天她第一次访问这里时，引领她穿过老木桥的小路。她走啊走，终于找到了那条小路。她朝右拐去，沿着小路一直走下去，最后终于走到了桥下。她在这里驻足了片刻，回头看了看河水。一切都改变了！柳树没有了树叶，一点也不像蕨类植物了。在大雾中，光秃秃的枝条完全就是一堆纵横交错的线条而已。河水依旧寂静无声，可是现在的河水灰蒙蒙、冷冰冰的，让人感到畏惧。詹妮哆嗦起来，加快了脚步。

然而，那座平房并没有什么变化，看上去依然是经过风吹雨打的样子，也依然那么亲切。哪里都看不到那条名叫"危险"的狗。

詹妮径直走到房子门口的台阶上，敲响了门。门很快就打开了，一个一脸惊讶的女人问詹妮想要干什么。

[1] 五十码约等于四十五米。——编者注

"我想跟安德森先生谈一谈，可以吗？"詹妮回答道。

"不进来吗？"那个女人闪到了一边，詹妮估计这个女人应该是安德森夫人。小客人毫不犹豫地走了进去。

詹妮来到一个宽敞的房间，里面四处都摆放着椅子，欢迎八方来客的样子，椅子长长的扶手在邀请她舒舒服服地坐下。有一把椅子正对着壁炉，炉子里的火苗在欢乐地舞动着。在椅背上方，詹妮看到一个男人的头顶，她希望这个人正是安德森先生。的确如此。当那个女人说出"尼尔斯，有人要见见你"的时候，椅背上的脑袋就移动了，一个高大的身影从椅子上站了起来。安德森先生转身看着来访的客人。

一看到詹妮他便说："你好。坐吧，跟我说说我能为你做些什么呢？"

詹妮退回到另一把椅子跟前，小心翼翼地在椅子边上坐了下来。坚定的决心似乎又离她远去了。现在，她已经来到了安德森先生的家里，她突然意识到自己的使命有多么奇怪。对于她再看一眼青花盘的愿望，安德森先生会怎么想？那只盘子已经跟她毫无关系了，盘子现在属于安德森先生。他或许会对詹妮唐突的打扰感到气愤。詹妮有些忐忑地开了口。

"我猜您不记得我了。我是詹妮·拉金，以前来过这里一次，当时邦斯和我吵了起来，您赶了过来，说我可以拿走一打鸡蛋。"詹妮结结巴巴地说道。

安德森先生脸上那种客客气气又有些好奇的神情突然消失了，取而代之的是终于想起詹妮是谁的喜悦。"当然记得。这就是我跟你说过的那个小姑娘。"他扭头对妻子说道，"詹妮，这位是安德森夫人。"

"真高兴见到您。"说完，詹妮就垂下了脑袋。

"詹妮，你和邦斯之间没有再发生不愉快的事情吧？"安德森先生开心地轻声笑了起来。

詹妮摇了摇头。"我是来跟青花盘说再见的。我们明天就要走了，我不忍心不再看它一眼就走掉。"

安德森先生一脸的困惑。"青花盘？"他茫然地问道，"什么青花盘？"说完他瞟了一眼妻子，目光中透着一股

询问的意味。詹妮看到安德森夫人跟丈夫一样摸不着头脑，一股夹杂着寒意的恐惧袭上詹妮的心头。他们总不会说自己不知道盘子的事情吧！

"嗯。"詹妮继续追问道，她又坚定了决心，"您还记得那天我在这里时跟您提起过盘子的事情吗？前一阵子，邦斯把盘子当房租拿走了。"

"邦斯！"安德森先生厉声说了一遍这个名字，詹妮一下子跳了起来，差一点就从椅子边上摔了下去，"邦斯跟这些事情有什么关系？"

"啊？"詹妮纳闷地说，"邦斯在帮您收租金啊。上一次，我们没有钱，所以就把青花盘给他了。"

安德森夫妇越过詹妮的头顶，看了一眼彼此，空气中似乎充满了问号。安德森先生突然一脸怒容，詹妮从椅子上站了起来。显然，他们根本就不想让她看到盘子。可是，安德森先生却伸出一只手，和气地说："坐啊。你可以把事情从头到尾给我讲一遍吗？我想知道所有的事情。"

詹妮觉得自己没有什么可害怕的，她开心地意识到自己终于可以信任这个人了。其实那天站在柳树下的时候，她就希望自己能这么做。詹妮又在椅子边上坐下来，讲起了自己的事情。她实事求是地讲着，丝毫没有添油加醋的成分，只是格外突出了一下爸爸在摘棉花比赛中夺得亚军的事情，讲到这里时，她的声音里不知不觉地透出一股自豪之情。

她对在一旁的安德森夫人说："这件外套就是用一部分奖金买的。"

"这件衣服很漂亮。"安德森夫人说。

她们会心地冲彼此笑了笑，完全忘记了安德森先生就在旁边，反正任何男人都不会对这样的东西表示欣赏。

等詹妮说完后，安德森先生问道："以前你怎么不来找我呢？"

"我没有理由来这里。要不是还想再看一眼青花盘，我是不会上这儿来的。"詹妮说。

"嗯，詹妮，你瞧，我对房租的事情一无所知。无论邦斯从你们那里搞到多少钱，他都留在了自己手里。我也从来没有见到过青花盘。"安德森先生停顿了片刻，对着地板皱起眉头，"不过，我打算尽快把这件事情处理了。"詹妮确信安德森先生的这副腔调对邦斯·雷伯恩来说可不是一个好兆头。

可是，青花盘现在在哪里呢？有关拉金一家、邦斯以及他的欺诈行径的话题引不起詹妮太大的兴趣，她来这里只是为了看一眼盘子。

"我想那只盘子得等上一小会儿。"安德森先生对她答复道，"在找邦斯谈话之前，我想先跟你爸爸谈一谈。"说完他便站起来，低头打量着瘦小的詹妮，"詹妮，要是明天你并没有离开这里，我一点也不会感到吃惊的。"

"真的？"詹妮喊道，她从椅子上跳了起来，那双蓝眼睛闪闪发亮。

安德森先生轻轻地笑了笑。"你真是一个有意思的小傻瓜。"他只说了这么一句，但是詹妮喜欢他说出这句话时的那副腔调。

詹妮没有注意到安德森夫人什么时候已经离开了房间，这会儿她戴着帽子、穿着外套又进来了。

"尼尔斯，我要跟你一起上拉金家去。"安德森夫人说道。

"好的。我去开车。"她丈夫痛快地回答道。

詹妮永远也忘不了这一次开车返回棚屋的经历。她坐在安德森夫妇的中间，他们几乎一言不发，空气中充满了悬念，一种美好的、会确保一切都平安无事的悬念。詹妮能够感觉到来自这两个成年人的同情心，她甚至不再为青花盘担心了，她知道安德森夫妇会让她再次拥有它的。詹妮希望爸爸不会因为她独自去了安德森家而冲她发火。她觉得自己当初应该先征得爸爸的同意，可是万一爸爸不让她去呢？要是他们没有跟安德森先生说一句话，到了明天就离开了呢？那样一来，他们就永远失去青花盘了。想到这里，詹妮不禁打了个哆嗦，安德森夫人把毛毯给詹妮裹得更紧了，她还以为这个小女孩有些冷呢。

詹妮心想："不管怎么说，能把青花盘找回来，被爸爸骂一顿也值了，就算被狠狠地臭骂一顿也无所谓。"

但是詹妮没有挨骂，至少这天晚上她没有挨骂。在尼尔斯·安德森造访了小棚屋之后，拉金一家的生活和命运就被改变了。他们再也不用四处漂泊了，詹妮再也不用徒劳地期盼着能去正规学校上学了。安德森先生看到了邦斯签字的房租收据，这些收据充分证明了邦斯有多么狡诈。安德森先生同拉金先生热情地聊了许久，两位夫人和詹妮在一旁听着。夜色降临大地，拉金先生站起身，点亮了汽油灯，跟安德森先生继续聊了下去。他们谈的主要是拉金家在尘暴区的那座牧场，还有干旱迫使他们背井离乡之前，他们在得克萨斯的生活。

安德森先生专注地听着，直到詹妮的爸爸讲到他们一家人借住在这座小棚屋时，他才打断了对方。

"我想我们不应该这么做，可是如果你过着我们这样的生活，那你也会忽略这些细节问题。"拉金先生说。

安德森先生急不可耐地打了个手势。"你们当然应该

这么做。你们可不是住进这座棚屋的第一户人家。它一钱不值，除了对你们这样有需要的人来说。只要愿意，谁都可以住进来。其实，今年秋天我就知道有人住进来了，上这儿来的时候，我在附近见过你，对于你们住在这里的事情，我没有意见。当然，我根本不知道邦斯的打算，很有可能每一个住进来的人都被他搜刮过。"

这时候，安德森先生脸上的线条变得强硬起来，其中还透着一股怒气。詹妮情不自禁地希望邦斯这会儿能走进这座小棚屋，那个场面肯定跟那天晚上的情形截然不同。那天晚上，邦斯充满了自信，而爸爸则是一副任他摆布的模样。

沉默了片刻之后，爸爸说："嗯，事情就是这样的。"他有些犹豫地慢慢搓着自己的两只手。

等他说完后，他和安德森先生都陷入了沉默，只有爸爸那双长满老茧的手搓来搓去的声音打破了屋子里的寂静。

屋子里的其他人都一动不动地坐着。炉火啪地响了一声，声音很大，屋外的田野里有一头牛哞哞地叫唤着。詹妮盘腿坐在屋子中央的地板上，焦急地打量着一张张面孔。爸爸妈妈坐在床边，他们的眼睛心不在焉地凝视着前方。很显然，爸爸已经把想说的话都说完了，现在就看安德森先生会怎么做了。

詹妮看到安德森先生同妻子交换了一下眼神，安德森夫人缓缓地点了点头。安德森先生果断地站了起来。

"拉金，明天我就叫邦斯滚蛋。我需要有人接替他。要是你愿意的话，这份工作就是你的了。每个月七十五美元，有房子住，鸡蛋和牛奶你尽管拿。"

拉金先生抬起头，茫然地看着安德森先生。安德森先生将自己的提议又重申了一遍。拉金先生难为情地慢慢站起来，伸出了手。他一句话也没有说，詹妮担心极了，她唯恐安德森先生以为爸爸不想接受这份工作。她想冲爸爸喊一声，让爸爸说句话，快点啊，可别等到一切都来不及的时候。不过，通过自己经历的这种奇怪的生活，詹妮发现，在有些场合下，只有男人说话才算数，

有时候就连成年女性的话都根本不算数，小姑娘的话就更别提了。此刻显然就属于这种场合，所以她闭上嘴巴，提心吊胆地等待着接下来会发生的事。

太令人欣慰了！詹妮看到安德森先生一把抓住爸爸的手，她还听到他和蔼地说："拉金，放松点，你该歇一歇了。真高兴，我能让你歇一歇。希望你们明天就搬过去。"

之后他们就没有再说什么了，很简单，该说的全都说完了。况且，刚刚发生的一切震惊了拉金家的每一个人，他们不知说什么好了。很显然，他们有必要对安德森夫妇表示感谢，可是他们就连谢字都说不出来了。幸好安德森夫妇并没有期待着拉金一家的感激，他们急匆匆地道了声"晚安"，然后便告辞了。

等安德森夫妇离去后，妈妈终于开口了，她直勾勾地看着丈夫："他说的是实话，你应该歇一歇了。我真高兴，这一天总算来了。"

爸爸伸出手，将詹妮抱到自己的腿上，紧紧地搂着她。

"我想我们得感谢詹妮带给我们这一切。"他说。

　　妈妈将父女俩端详了片刻，然后摇起了脑袋。"我们应当把感谢送给高于詹妮、高于我们所有人的那股神奇力量。"

　　爸爸没有吭声，他的面颊贴在詹妮的脑袋上。詹妮不禁想知道，妈妈指的究竟是神仙，还是那只青花盘。为了以防万一，她默默地对两者都做了祈祷。

"AS LONG AS WE WANT TO"

✝ 想住多久就住多久

第二天，将行李装上车太有趣了。在詹妮的记忆中，这还是她头一次觉得搬家这么有趣。这次搬家跟以前每一次搬家都太不一样了！昨天早上，詹妮还为即将告别这座小棚屋而感到十分难过，现在眼看就要离开这座小棚屋了，她却像蚱蜢一样活蹦乱跳。

在校车到来之前，詹妮穿过马路，跑到了卢佩家。罗梅洛全家都为拉金家交了好运感到开心极了，尤其是卢佩。

"现在你可以去我的学校上学啦！"卢佩开心地嚷嚷着，还一反常态热情地搂住了詹妮，"你会跟我一个班，因为咱俩的年龄一样大，彼得森小姐又要成为你的老师了。"

"没错。咱俩可以一起坐校车。我会先坐上车，因为我住的地方距离镇子比你家远一些。"詹妮说道。

可是卢佩却摇了摇头，说："不，我们不会一起坐校车的。"

"为什么不会？你总不会打算每天都错过校车吧，是不是？"詹妮追问道。

卢佩咯咯地笑了起来，这个詹妮竟然还能这么有趣。

"我们要搬到镇子里去了。妈妈要开一家饭馆，专门卖墨西哥辣肉馅玉米卷饼，她有自己的独门秘诀。我们会住在餐馆后面。餐馆后面有一个花园，花园里种着树，到了夏天我还能帮忙端端盘子。"卢佩解释道。

詹妮大吃一惊，不过这个消息令她感到欣慰。她十分不愿意将卢佩和她的家人单独留在这里。得知罗梅洛一家也交到了好运，她感到更加开心了。可是，之前卢佩为什么不告诉她这个好消息呢？

听到詹妮的问题，卢佩低下了头，那副模样活像是被定了重罪似的。

"我说不上来。"卢佩难过地说道，随即她又说，"那会儿你太伤心了。"

卢佩的解释听起来太令人迷惑了，不过詹妮觉得自己明白卢佩的心思。在詹妮被麻烦缠身的时候，卢佩不想把自己的好消息告诉朋友，以免相比之下，她的好消息会加重詹妮的悲伤。卢佩真好，竟然能够设身处地地为朋友着想。这件事情让詹妮觉得，能遇到卢佩这样的朋友，真是太幸运了。

"好啦，反正我们还会在学校里见面的，到了周末你还可以上我家来，我也可以去看望你，没准儿咱俩还能帮着做玉米卷饼呢。"詹妮一本正经地说，听得出她的一本正经有些夸张，"噢，我真是太开心了，我们不用搬走了。"

为了展示自己有多么开心，詹妮一把抓住卢佩，拉着她转起了圈，一直转到卢佩的黑色发辫在她头的两侧笔直地立了起来。

不久后，詹妮坐在了爸爸的汽车里，她透过后座的窗户向外瞥了一眼，和那座小棚屋告别。雾水顺着屋檐滴下，小棚屋看上去孤零零的，有些凄凉。詹妮不禁想到，也许有一天又有一户人家会住进小棚屋。如果真的有人搬进去了，她希望这家人能像他们家一样找到幸福。不过，新住户不太可能也有一只青花盘！

实事求是地说，拉金一家将要搬进去的房子根本就不是一座真正的住宅，它是一座箱房。一楼有一间很宽敞的房间，这个房间既是厨房，又是客厅。楼上有一间卧室，卧室上面有一个巨大的水箱，里面装着用来供应这个牧场上的人们的水。

邦斯在这座房子里一直住到了这一天，不过现在他

已经搬走了。在拉金一家过来之前，安德森先生就已经
把他的工资结清，将他打发走了。所以，詹妮再也不会
看到那双贼溜溜的眼睛了。

拉金一家开着车来到农场的时候，安德森先生恰好
就在农场迎接他们。一看到安德森先生，詹妮就想问个
问题，这个问题在她的嘴唇上跳动着，简直要呼之欲出
了。她敢现在就问一问他吗？安德森先生好像猜透了詹
妮的心思，他冲着箱房扬了扬头，说："那里有一样东西
在等着你。"

詹妮飞奔着穿过院子，"危险"一边蹦着一边叫着跟
上了她。詹妮几乎都不敢打开房门了，万一不是她想的
那样东西呢？她缓缓地转动门把手，走进了屋子。在房
间的一侧摆着一张方桌，桌子紧贴着墙壁，青花盘稳稳
当当地摆在桌子上。詹妮狠狠地吸了一口气，一时间，
她的膝盖软得无法支撑住她了，直到这时她才意识到，
自己有多么牵挂这只盘子。现在，盘子就在这里，当詹
妮拿起它时，她发现，邦斯对它的短暂占有，并没有让

它有丝毫损坏。

詹妮爱惜地抚摸着光滑的盘子，将它贴在自己的脸上，欣喜地享受着它的冰凉，享受着实实在在拥有它的感觉。

"我再也不会抛下你了。再也不会了。"詹妮轻轻地许下了一个诺言。

很快，爸爸和妈妈也进了屋子。爸爸将三张五美元的钞票放在了桌子上。

"你从哪儿弄到的？"詹妮惊讶地问道。

"这是邦斯从我们这里拿走的房租。跟他结账的时候，安德森先生从他的工资里扣除了这笔钱。"

"现在我们可以给皮尔斯医生付钱了。"妈妈说，她的声音里透着一股自豪感，"我想他能用这些钱做好事，我们也不再亏欠他了。"

收拾屋子的时候，拉金先生和詹妮没有让妈妈做多少事情，她还是太虚弱，况且父女俩完全有能力完成这项工作。两个房间里都有足够的家具，包括两把摇椅。

妈妈坐在一把摇椅上，给丈夫和女儿下达着指令。一眨眼的工夫，拉金先生就让灶膛里燃起了熊熊烈火。安德森夫人还给他们送来了几床被子。墙角里的一把沙发椅成了詹妮的床，她再也不用睡在汽车后座的坐垫上了。詹妮劲头十足地干着活儿，只是，她时不时地就得停下来，紧紧地抓住这个事实——全家人千真万确地住在安德森家的牧场里了。这一切美好得都不太真实了。

终于，拉金先生和詹妮尽了最大努力将屋子收拾干净，邦斯住在这里的时候太马虎了。除了青花盘，拉金一家人的行李都放在看不见的地方了。这时，詹妮对着妈妈说道：

"现在我们可以把青花盘摆在总是能看得到的地方吗？"

可是妈妈摇了摇头。"这不是适合摆放青花盘的房子，即使很舒适，但它毕竟还是一座箱房。这只盘子原先属于一座真正的房子，它也只能被摆在真正的房子里。"

于是，詹妮将青花盘放进了五斗橱的抽屉里，这样虽然看不见它，但她很容易就能拿到它。可是，她不禁感到有些遗憾。青花盘原本可以让这个屋子大变样的。

到了一月中旬，拉金一家人已经适应了新的生活，圣华金河谷里就属他们这家人最开心了。詹妮进了当地的小学，她每天早上都要在安德森家的车道尽头搭乘校车。

就在这几个星期的时间里，詹妮的容貌出现了变化。"鸡蛋和牛奶你尽管拿"这个承诺在很短的时间里就令这个原本瘦骨嶙峋的小女孩变得健康起来，看上去一副营养充足的模样。詹妮有了几条长过膝盖的新裙子，还有新的袜子和鞋子。在站在高速公路边上、手里拎着午餐盒等校车的詹妮身上，你再也看不到在去年九月那个炎热的早晨，坐在小棚屋第一级台阶上那个沮丧的小女孩的身影了。

这段日子，妈妈也有了变化，她一脸的倦容消失了，随时都会露出笑容。爸爸依然是那个乐天的爸爸，只是现在他肩负起了新的责任。提起牧场的事情时，他的声音里透着一股自信，当詹妮还是得克萨斯州的一个小女

孩时才听到过的那种自信的腔调。

一天，当詹妮在院子里巡视的时候，她发现一丛金雀花背后盛开了几朵百合花。她跪下来，用面颊轻轻地蹭着百合花娇弱的花瓣。她被报以一股芬芳的气息，这是真正的春天的气息。其实大雾已经散尽了，但是詹妮一直忙于自己的事情，没有注意到冬天正在渐渐远去。

不过春天就要来了，这一点毫无疑问。在河岸，柳树的枝头正洋溢着生机，由于温暖的太阳融化了东边内华达山脉的积雪，河水也涨了起来。春天就要来了，不过它并没有一下子就到来。第一次看到百合花盛开之后，接连好几个星期，风都在箱房四周低声呼啸着，天上没完没了地下着倾盆大雨。

渐渐地，白天越来越长，太阳似乎打败了冬天。一块块没有威胁性的、汹涌着的云朵，在天空中翻滚着划过，春天就如同蓟花的冠毛一样轻盈地降临了大地。柳树和杨树的枝头开始蒙上一层绿色，春天里的第一只知更鸟栖息在谷仓的屋顶上，开始练习它最喜爱的歌曲选段。

大约就在这段时期，有一天在学校里，卢佩告诉詹妮：“我知道一个秘密，有关一样东西的秘密，你以前许过愿，想得到这样东西。”

“是什么呢？”詹妮立即问道。

“我不能说，这可是一个秘密，不过等你知道后，你肯定会喜欢的。”

“我什么时候才能知道？”

“快了。”卢佩说。詹妮只能接受这个回答。卢佩不会再回答任何问题了，她只是神秘兮兮地翻了翻眼睛，似乎在尽情享受着詹妮迫切的好奇心。

终于，詹妮噘着嘴说道：“我觉得你太坏了。”

卢佩只是咯咯地笑着。

“而且，现在我什么也不需要，卢佩。即使你把整个世界给我，也没有什么东西是我想要但还没有得到的。”詹妮用一副自信的腔调说道，她不再噘嘴了。

卢佩似乎对这番笼统的宣言无动于衷，她露出一副取笑詹妮的笑容说：“你就等着瞧吧。”

　　由于卢佩的这番话，在一个星期六，当詹妮看到曼纽尔和另外六个墨西哥人开车来到安德森牧场的院子里时，她多少有些心理准备。一看到他们，她就感觉到他们跟卢佩所说的秘密有关。曼纽尔不是卢佩的父亲吗？他倒车和毫不碍事的停车方式毫无疑问地证明了这不是偶然发生的。詹妮正在心里琢磨这件事的时候，安德森先生露面了。他和曼纽尔一起穿过院子，走到了一棵大柳树跟前。他们两个人在那里聊了一会儿，就在他们谈话时，其他几个人从卡车上卸下来一些木头模具，然后将那些东西搬到了柳树下。其中一个人进了谷仓，很快他就背着一大麻袋稻草出来了。

　　等安德森先生离开后，詹妮朝曼纽尔走了过去。

　　"你们要做什么？"她问道。

　　"我们要盖一座房子，一座土坯房。"曼纽尔回答道，"这座房子冬暖夏凉，至少两百年都不会倒塌。你觉得时间够长吗？"

　　詹妮只听到了曼纽尔说的第一句话。她的心里产生了一个不可思议的疑问。她想起在摘棉花比赛的那天向卢佩讲述过自己梦想的房子。这就是卢佩所说的秘密吗？刹那间，詹妮知道这正是卢佩的秘密。她朝四下里看了看，想要找到安德森先生。这会儿，他正和她爸爸站在谷仓旁边看着一张纸。詹妮朝他们跑了过去。

"谁要住进这座新房子里？"詹妮问道。她太激动了，都没有意识到自己打断了大人们的工作。

两个大人冲彼此会心地笑了笑，安德森先生故意逗她，慢吞吞地说："怎么啦，詹妮？我有些希望你住进去。这是设计图。你觉得自己会喜欢吗？"

詹妮飞快地瞟了一眼图纸，她一眼就看到这座房子有四个房间和一个卫生间。看清楚之后，詹妮转身跑到了老木桥上。站在桥中间，她朝曼纽尔和其他几个墨西哥人正在工作的柳树下看去。没错，一切将会像青花盘上画的一样，毫无问题。一座桥、一座房子、一棵柳树，还有三个人——爸爸、妈妈和詹妮。詹妮在桥上继续一动不动地站了一会儿，接着，她欣喜若狂地转了三圈，

然后便冲向箱房，她要把这个好消息告诉妈妈，还有青
花盘。此时此刻，全世界最开心的人莫过于詹妮·拉金了。

在这个春季里，似乎新房子这一个好消息还不够似
的，几天后，詹妮放学回到家，又向爸爸妈妈宣布了一
个好消息，彼得森小姐选中她和其他几位女孩一起参加
在韦斯顿举行的"五朔节"[1]舞蹈演出。这个节日是一年
一度的盛事，将在韦斯顿联合高中的大草坪上举行，住
在周围几英里的人都会赶来观看这场演出。每年春季都
会有十二所地区学校被邀请参加，每所学校都会举着自
己的五月柱。今年，詹妮所在的学校就被挑中了，詹妮
入选了舞蹈队。卢佩也会参加舞蹈表演。

每一天，詹妮都坚持练习舞步，与此同时，每一天，
曼纽尔和他的同伴们都尽职尽责地将稻草和进泥里，再
将泥巴压进木头模具里，直到一排排土坯砖在日头底下
等着晾干。终于，曼纽尔他们开始动手盖房子了。墙砌

---

[1]"五朔节"是为了庆祝春天的到来，人们跳舞、娱乐，用鲜花点缀各
处。——译者注

了起来，砖一层层地垒了上去。这是一座低矮而宽敞的房子，看上去就像是从它所站立的平地上长出来的。事实也的确如此。这座房子正是用这座牧场里的泥土建造的，这个事实令詹妮感到开心，因为它使得这座房子更像是他们所拥有的。当然，这座房子的主人还是安德森先生，但是他们可以住在里面。也许他们想住多久就住多久。要是她问安德森先生的话，他也会这样说吗？她有勇气问出这个问题吗？詹妮从正在练习的舞步中停下来，思考起了这个问题。也许最好还是就像现在这样继续下去，相信一切都很好，不用为未来发愁。毕竟，安德森先生不是说过他希望詹妮住进这座房子里吗？他当然希望他们留在这里。詹妮又跳起了舞。

五朔节终于到来了。如果曾经阿拉丁的精灵出现在她面前，并对她说："只要你愿意，你可以拥有任何形式的五朔节。"那现在的样子正是詹妮想要的。这天有这样一种魔力，清晨只要呼吸一口空气，就足以让你彻底忘掉冬季，仿佛冬天压根儿就不存在似的。天空蓝盈盈的，如同詹妮的眼睛一样蓝，如同青花盘一样蓝，如同夏季的太阳还没有使之褪色的春日的苍穹一样蓝。

詹妮等不及要穿上裙子了。这条裙子有着阳光般的色彩，肩头装饰着荷叶边，腰部还扎着一根宽宽的腰带。詹妮从未有过这种蓬松的裙子。她相信无论是陆地上，还是海洋里，这条裙子都是所有同款裙子中最美丽的。

拉金一家赶到韦斯顿时，那里已经聚集起了很多人。在韦斯顿联合高中的前院里，围起了一块大大的半圆形草坪，男男女女、老老少少都围在那里。扛着摄像机的人走来走去，想要找到最合适的角度，能够拍到十二根长长的柱子。每一根柱子的顶端都有一个花球，柱子上还挂着五颜六色的彩带。这就是五月柱，詹妮和她的同伴们就要围着这些柱子跳舞。

庆祝活动一开场就是舞蹈演员们集体亮相，她们两人一组绕着观众面前的草坪走了一圈，女孩们都穿着崭新的蓬蓬裙，看上去全都喜气洋洋的。詹妮和卢佩都穿着黄色的裙子，因为她们的五月柱上挂的就是黄色的飘带。所有演员从头到脚的颜色都跟自己的五月柱保持一致，发带、裙子和袜子，无一例外。只有鞋子是不一样的。大家穿的都不是新鞋，有些人穿着磨旧的黑色鞋子，有些人穿着磨旧的棕色鞋子。很多人的鞋子都大得根本不合脚。

所有演员都亮完相之后，她们就一起唱起了国歌。詹妮自豪地看到爸爸摘下了帽子，她自己也抬起眼睛，仰望着国旗。在所有人的头顶上，国旗以一种慵懒的优雅，展开了它鲜活的条纹。这一天没有多少风，有时候下垂的国旗几乎贴在了旗杆上。不过每当詹妮以为国旗有可能彻底耷拉下来的时候，一阵清新的大风就会托起国旗，让它再一次飘扬在人群上方。这其实一点儿也不重要，当詹妮盯着国旗唱国歌里的高音时，她想：无论国旗是飘扬在米勒营地小学没有刷漆的旗杆上，还是飘扬在韦斯顿联合高中高高的山墙上方，这一点都不重要。它只是一面旗帜，任何东西都无法为它增添更多的荣耀，也无法削弱它的光辉。她觉得这面旗帜代表着一种很重

要、很宏伟的东西。可是，究竟是什么东西呢？如果有
人这样问她，她也无法给出答案。大人才能回答出这个
问题。对于詹妮以及站在这里的其他男孩和女孩来说，
这面旗帜代表的就是他们对此刻的信心和对未来的希望。

接下来就是"五月皇后"的加冕典礼了，詹妮和卢
佩同其他女孩围着她们的五月柱各就各位。可就在音乐
即将响起的时候，詹妮看到彼得森小姐朝她们走了过来。
十二位老师走向了十二根五月柱。这是怎么回事？

"把鞋脱掉，拎着鞋以最快的速度跑到草坪边上。"
彼得森小姐说。

一瞬间，观众们的面前出现了有趣的一幕，五颜六
色的舞蹈演员冲向他们，而且手里都拎着自己的鞋。现
在，所有的舞蹈演员从头到脚都是一个颜色了。之前有
些鞋子被磨旧了，有些太大了，但是现在，鞋子的问题
不存在了。

舞蹈演员们回到五月柱前的时候，她们用只穿着长
袜的脚起劲儿地蹦跳着。她们脚下的草皮感觉就像是弹

簧一样，她们的双脚突然变得像羽毛一样轻盈。

音乐一下子响起来，舞蹈开始了。詹妮跳了起来，比她所有的练习跳得还要好。没错，她之前从来没有穿着长袜跳过舞。她高高地抬起膝盖，没有错过一个节拍。终于，所有人一直等待的那个时刻到来了。听到某个和弦时，舞蹈演员们跑向各自的五月柱，抓住彩带，然后拉着彩带回到原来的位置上。一瞬间，十二根五月柱变成了巨大的蘑菇，五彩斑斓地在草坪上绽放开来。接下来，编队舞蹈开始了。詹妮突然有了一个想法：绕着五月柱的每一圈舞蹈，她都要献给让这一天化为现实的人。五月柱之舞也是她自己的庆典，庆祝自己和家人留在了这个地方。

"第一圈献给妈妈。"詹妮一边想，一边将膝盖提到了前所未有的高度，"接下来的一圈献给爸爸。"

詹妮一圈又一圈地绕着五月柱舞动着，条幅的颜色以闪电般的速度沿着它的长度旋转前进。最后，只剩下一圈舞蹈了，好像没有该感谢的人了。不，还有一个人。

想到这个人的时候,詹妮差点没跟上节拍。邦斯·雷伯恩。要不是他的为人那么恶毒的话,现在詹妮或许也不会出现在这里。于是,詹妮将最后一圈舞蹈献给了邦斯。迈着舞步的时候,她不禁想,邦斯这样的人为什么非要将本该令人满意的世界搞得乱七八糟呢?是因为只有好坏参半的生活才能让一切不会因为太甜蜜而令人无法承受吗?舞蹈结束时,詹妮觉得自己永远也不会知道答案了,即使长大成人,她也不会知道这个问题的答案。

卢佩和拉金一家回到了牧场过夜,顺便也看了看詹妮的新房子。房子已经竣工了,拉金一家只需要将家具搬进去就可以了——是从弗雷斯诺买来的新家具。自从得知这个消息后,她就觉得除非家具到来,否则她就活不下去了。要不是五月节的庆典令她那么兴奋的话,或许她真的就熬不下去了。

当他们到家的时候,詹妮没有任何期待,但是她坚持让卢佩立即看看她的新家。其实,她根本用不着催促卢佩。她们来到了新房子的门外,詹妮一门心思只想着

自己的事情，都没有注意到安德森夫妇。看到拉金一家回来了，安德森夫妇就从自己的房子里走出来，他们这会儿正从院子的另一头过来。

詹妮抓住新的门把手，推开了门。她抬起脚就要往里走，突然，她在门口停下了脚步，惊讶得一动也不动。家具已经被运来了！就在她庆祝五月节的时候，一辆货车从弗雷斯诺将家具送了过来，现在他们的地板上已经铺上了一块小地毯，她的脚能够感觉到。她模模糊糊地意识到房间里到处都摆着椅子，还有一两张桌子。不过，真正令她着迷的还是壁炉，壁炉台的正中央稳稳当当地摆着那只青花盘。詹妮凝视着盘子，盘子的轮廓突然变得模糊了，上面的图案轻轻地晃动起来。两滴泪从她的面颊上滚落下来，自从记事起，这几乎是她第一次落泪。青花盘终于找到了一个像样的家。

詹妮没有继续往里走。她必须先解决一个问题，这个问题一秒钟也等不了。她转过头，看到安德森先生冲着她微笑着。詹妮试图开口说话，可是没能张开嘴巴，她又试了试。"我们可以住多久？"她向安德森先生问道。

"詹妮，你们想住多久就住多久。"安德森先生说，他的目光就像詹妮的目光一样认真。

詹妮转身朝卢佩走去。"问问我，我们能住多久。"她向卢佩提出了强烈的要求。

"他刚刚已经告诉你了。"卢佩一边说，一边朝着安德森先生扬了扬脑袋。

"没关系，问问我。我想让你问我。"

卢佩看了看身边的大人，她觉得这么做有些傻乎乎的，不过她还是向紧张而急切地站在自己面前的詹妮问道："你们要住多久？"去年九月她们第一次见面时，卢佩就这样问过詹妮。

詹妮猛地甩了一下脑袋，脸上露出胜利的神情。不过，她回答卢佩的腔调中除了胜利，还有别的意味。

"我们想住多久就住多久。"她说。

图书在版编目（CIP）数据

詹妮的梦想 / （美）多丽丝·盖茨著；（美）保罗·兰
茨绘；徐海幓译. —昆明：晨光出版社，2019.8（2025.4 重印）
ISBN 978-7-5715-0176-1

Ⅰ.①詹⋯ Ⅱ.①多⋯ ②保⋯ ③徐⋯ Ⅲ.①儿童小
说－长篇小说－美国－现代 Ⅳ.① I712.84

中国版本图书馆 CIP 数据核字（2019）第 140996 号

著作权合同登记号　图字：23-2019-005号

ZHAN　NI　　DE　MENG XIANG

詹妮的梦想

出 版 人　吉　彤

作　　者　〔美〕多丽丝·盖茨
内文绘者　〔美〕保罗·兰茨
封面绘者　李明振
译　　者　徐海幓
选题策划　禹田文化
版权编辑　陈　甜
责任编辑　李　政
项目编辑　许春晖
美术编辑　沈秋阳
装帧设计　小　川

出　　版　晨光出版社
地　　址　昆明市环城西路 609 号新闻出版大楼
邮　　编　650034
发行电话　（010）88356856　88356858
印　　刷　固安兰星球彩色印刷有限公司
经　　销　各地新华书店
版　　次　2019 年 8 月第 1 版
印　　次　2025 年 4 月第 13 次印刷
开　　本　145mm×210mm　32 开
印　　张　7.5
I S B N　978-7-5715-0176-1
字　　数　102 千
定　　价　26.00 元